No matter where you are,

无论在哪个世界，我都会找到你。
抽取卡牌，掷出命运的骰子，来与我相遇吧。

I will still find you.

目录 ········ Contents

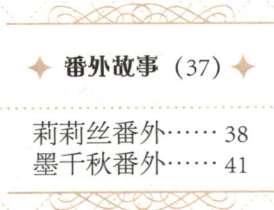

Black King

赢了？不愧是能
和我并肩的女人。

White King

输了也没关系，
这次让我来守护你。

01

成功

Success

苏青迅速转身钻入电梯中，拼命按关闭键，余光中似乎看见他从另一边大步而来——

幸好，电梯门及时合上了。

苏青惊魂未定舒了口气……一回想起门合上前，那人似乎还饶有兴趣地冲她挑了挑眉，那口气就又提了上来。

马上辞职走人！

她越发坚定了这个念头。

在游戏里就算了，现在在梦里还要受这张脸奴役……绝对不行！

好在实习生办离职的程序很简单，苏青三下五除二地弄完，终于放下了心头一块巨石，走出公司大门的时候都神清气爽。

但这份好心情维持的时间很短暂——直到她回到家就中止了。

黑国王靠在他那辆和整个破小区都格格不入的豪车上，好整以暇地冲苏青露出了一个恶魔的微笑。

苏青迅速上了电梯，那酷似黑国王的总裁只是淡淡瞥了她一眼，好像什么都没有发生。

苏青站在原地，看见黑国王抬脚似乎正冲着这边大步而来，她赶紧回身钻进电梯，拼命按关闭键——

电梯门缓缓合上，但一只手突然伸出，挡住了门缝。

苏青只能眼睁睁地看着电梯门应声缓缓打开，黑国王挑了挑眉，声音带着丝莫名的笑意。

"一起？"

他虽然这么说着，但行动却是不容置疑地一步踏进。

电梯门缓缓合上，光可鉴人的亮面上映出了苏青绝望的眼神。

酷似黑国王的总裁脚步一顿，苏青顿时警惕起来，但很快他便继续在众人的簇拥下走了进去，好像什么都没发生。

　　苏青迅速低下头，借着人群的遮挡一溜烟跑了出去。

　　出来了才知道这个教授到底有多受欢迎……连教室外面都是人也太夸张了吧！

　　不过人多点也好，苏青回头看看，教室门已经被彻底堵上，连白国王的一根头发丝都看不见了。

　　她这才放心地拍了拍胸口，哼着歌去食堂吃饭了。

　　她还以为她的生活将从此回归平静——直到今天开始前。

　　"同学们好。"白国王站在讲桌后，声音温润清朗。

　　"从今天起，我将担任你们人格心理学一课的老师。"

　　"我很喜欢好学的学生……所以，欢迎同学们多多向我提问。"他对着全班这么说道，眼睛却只看着苏青一人。

　　他微微一笑，右眼下的泪痣更加显眼了。

Failure

01

失败

Failure

苏青转身出了教室门，白国王向这边看了一眼，但随即便正常地开始了，好像什么也没发生。

02

成功

Success

苏青低下头看书，装作不经意地错开了那道视线。

果然，那道视线也只是蜻蜓点水般停留了一下，随即便扫了过去。

她轻舒一口气——果然，人这么多，能准确把她逮出来才有鬼呢。俗话说大隐隐于市，没有什么比一堂大教室公开课里的普通学生更不起眼了！

她放心地掏出手机，准备开始日常摸鱼生活……

"那位同学，请回答一下这个问题。"

苏青滑手机的手僵在了原地。她小心翼翼地抬头，整个教室的人都在看着她。

她艰难地咽了口水，假作淡定地将手机塞回包里，实际站起来的时候腿都在打抖。

"不用紧张，说出你自己的想法就好了。"教授温声道。

苏青用绝望中夹杂着求助的眼神看着他。

"啊，是我的问题，刚刚也许没太表述清楚。"白发的教授善解人意地又重复了一遍问题。

苏青快速答完，还以为终于能坐下了，没想到酷似白国王的教授轻飘飘地来了一句——

"这个想法很好呢。"他笑了一声，"下课可以跟我好好探讨一下。"

苏青浑浑噩噩地坐下，脸烧得通红。

Failure

失 败

Failure

苏青低下头，那道视线停了下，随即一扫而过，好像什么也没发生。

苏青大声喊了一声。

船上的人一怔，随即视线缓缓移动，定格在了她身上。

他勾唇，信手将酒倾杯而倒，在船上的一片惊呼中充耳不闻，只是直直地盯着苏青。

他张口说了什么，但海风太大，苏青没有听清。

随即，他唇边的笑容越发肆意地扩大，一步便踏上了船的边缘。

然后，向海面坠落。

苏青吓了一跳，赶紧游向水下救人。

月光与海水一齐破碎，黑国王呼出了一串气泡，看着苏青焦急地向他伸出手。

他笑得越发愉悦了。

他张了张口，苏青贴到他耳边，这回终于听清他到底说了什么。

"我的。"他说。

苏青喊了一声，声音太小，消散在了海风与浪涛中，没有人听见。

苏青鱼尾一拍，顺畅返身入水。

海面上也没啥好看的，而且好不容易出来一次就碰上跟黑国王一模一样的人……

这海，不出也罢！

苏青哼哼唧唧地回家了。

还借此机会向妈妈磨来了一次去岸边看看的机会。

本来就是嘛，海面上除了船还有啥，要玩还是去岸边瞅瞅有意思啊！

她兴致勃勃地挑选了一堆珊瑚、宝石什么的，准备跟岸上的人换点东西。

但是，当她再次浮出水面的时候，却被一股大力连人带鱼尾捞了起来！

苏青：？！

她慌乱地在空中扑腾，鱼尾甩了抱起她那人一头一脸水。

苏青一抬头，更震惊了，黑国王？！

"看我捉到了什么。"黑国王一只手死死扣住苏青的腰身，另一只手摁住她的鱼尾。即使被甩了一脸水也不见狼狈，反而更加兴致盎然。

"大海的明珠……"他轻笑，"很适合成为我的新娘。"

Failure

02

失败

Failure

苏青回到了水下的城堡，过了好几
天作为人鱼的快乐生活。但不知为
何，醒来后有点怅然若失。

苏青果断道，"没什么事，我突然觉得在家待着也挺好的。"

她转身向外游去，原本柔软的荆棘却突然层层合拢，坚硬的刺突出，挡住了苏青所有的退路。

苏青……完蛋。

"小心。"酷似白国王的巫师眨了眨眼，语气中有一丝好奇，"怎么了？我很吓人吗？"

苏青心虚地摇头，"不不，是我自己的问题……"

"如果不嫌弃的话，就进来吃点东西再走吧。"他长长的眼睫垂下，淡淡道，"我这里很久没有人来了。"

苏青忍不住心软了。

苏青果断道，"没什么事，我突然觉得在家待着也挺好的。"

她回身向外游去，海巫师在后面静静看着她，没有阻止。

"我是真的想去岸上。"苏青尽力让自己的神情没什么奇异之处，她想了想，话音中带上了丝恳求，像是一条真正的单纯不知世事的人鱼。

"拜托。我就是去见一下世面。"她双手合十。

与白国王一模一样的海巫师凝视着她，在长久的沉默中，在苏青差点憋不住时他略略一点头，轻松道："可以。"

"真的？"

"我会给你一瓶灵药，你喝下后，鱼尾就会变为人腿。"他说完后又停了停，又有些抱歉般慢慢说，"但是，世上一切都是有始有终的交换，喝下这瓶药后，你也会失去你的声音。"

苏青赶紧道，"那还是算了吧，要是不能说话上岸也没什么意义"

白色的巫师蹙着眉，思索了一会儿他像是想到了些什么，唇角浮起了些笑意。

"没关系。"他微笑着说，"我可以陪你一起去。"

"啊？"

苏青傻眼了。

"我是真的想去岸上。"苏青说。

"抱歉。"海巫师抿唇，"我的灵药只是一个媒介，世上的一切都是平等的交换，如果什么也不付出，是不能像你说的那样平白拥有人腿的。"

"好吧。"苏青这样说着，心里却松了口气。

"好。"苏青说。

那人一怔，随即在看清苏青眼底清醒而坚定的神采后抚掌而笑。

"好！"他眼中光芒愈盛，笑道，"本王喜欢你这般的女子！"

苏青盯着他，眉眼逐渐锋利起来，像是一把初见日光的名剑。

"……求之不得。"她缓缓道。

"那么，小殿下。"他在第一缕破晓的晨光中向她伸出手，眼中满是兴致盎然的笑意。

"祝君江山永固、河清海晏。"

Failure

失 败

Failure

苏青低声道："……好。"

他一颔首，"看来公主殿下是聪明人。那么，本王告退。"

他起身，扬长而去。

"不。"苏青说。

"哦？"那人非但没生气，反而饶有兴味地挑了挑眉，"为何？"

她咬着唇，不讲话。

"……有趣。"他低笑几声，"那么，就让我们来玩个游戏罢。"

"到底是你先妥协，还是我呢？小公主，我很期待。"他站起身，眉梢眼角皆是兴味的笑意。

"可别让我感到无趣啊，不然我可能……等不到游戏结束。"他临走前，扔下了最后一句。

"不。"苏青说。

他眼神冷了下来。

"看来公主殿下脑子不太清醒。"

他起身离开，殿门缓缓关闭。

"就在这里，好好想想吧。"

"国师……"苏青沉声道,"你可愿救我?"

"陛下言重了。"他温声道,"为陛下分忧本就是臣分内之职。"

"我想走。"她突然一步上前,握住他的手,"即使是当一个最普通不过的平民女子,也好过日日在丝线泥沼中,过为人控制的生活。"

她紧紧握着眼前人白玉般的手,颤抖着的手指泄露了内心过于激荡的情绪。

国师一惊,一抽之下没能抽出,反而刺激到了苏青,让她握得越发紧了。

"陛下……"他面上平静的表情难得出现了波动,小声道,"注意礼节。"

"你不答应我,我就不放!"

"这……胡闹。"他轻斥道,一丝绯红慢慢爬上耳际。

苏青盯着他。

"答应你便是了。"纯白的国师叹了口气,"午夜子时,我在观星台等您。"

"国师……"苏青沉声道,"你可愿救我?"

国师蹙起眉,声音严肃起来,"陛下,慎言。"

"我……"她刚想辩解,就被他无情地打断了。

"江山社稷,皆系于您身。"他说,"享其因,则必承其果。"

"这种话,以后不必再说了。"

在香炉缭绕的丝缕烟雾中，苏青凝望着国师的面容。

他似乎总是这样微微地笑着，像是对谁都十分柔和，像是一阵风、一朵云，高高地俯视着人间，不沾分毫俗世的红尘。

少女君王合上了眼睛，略有些疲惫道，"罢了。你退下吧。"

但一向谨守规矩的国师此时却迟疑了片刻。

"恕臣失礼。"他轻声道，"陛下的处境……我也知晓一些。如果那人行事太过、失了分寸，陛下您大可以召我进宫。"

苏青惊讶地睁开眼。

师仍是微笑了笑，但不知为何，此刻此时的这个笑容，却看上去格外温柔。

"保陛下一保，我还是做得到的。"他笑道，"海阔天空……陛下，可大胆施为。"

苏青沉默片刻，叹息道，"罢了，没什么。"

"那么，臣告退。"国师行礼，转身离去。

苏青爆发出一股力量，猛地推开了他。

他有些惊讶地挑了挑眉，倒是从善如流地放开了她。

苏青倒退几步，警惕地看着他。

"我从来不做强迫的事。"他勾唇，血眸中是对猎物的势在必得。

"我的猎物，必须主动投入我的怀抱……"

他打了个响指。

城堡里的蜡烛一瞬间全亮了起来，桌面上摆满了美酒与食物。

"欢迎来到黑暗的世界。"他的笑意加深，"这里一旦坠入……便无法回头。"

苏青挣扎了几下，没有挣动。随即脖颈一痛又一麻，她在极度的惊悚下晕了过去。

成功
Success

　　苏青闭上眼睛，像是献祭般的羔羊般，充满着柔顺的意味。

　　也许是惊讶于她的态度，刺入她的皮肤尖牙缓了一缓。伴随着血液的流失，有什么东西流淌进了她的血管，随即，一阵阵晕眩的快感在眼前爆炸开。

　　她忍不住抬起手，像是想抓住什么东西，又像是在对谁求救。

　　但那只手刚抬起就被另一只苍白的手强行按下，那股冷意渗透入她的肌理，侵入骨髓，纠缠不去。

　　一个血腥的吻结束，苏青几乎站不住，只能虚弱地靠在他身上。

　　他满意地舔了舔唇，血眸愉悦地眯起，他摸了摸苏青的长发，像是在抚摸小猫的皮毛。

　　"乖孩子。"他低声笑道，"之后，我们还会有很长的时间……"

苏青闭上眼睛。但他却突然放开了她。

"无趣。"他索然道，径直离开了。

苏青将自己曾遭遇的一切详尽完整地说了出来。

不知为何，在他安静的注视下，苏青发觉自己，好像能坦然面对那段隐藏于阴影中的过去了。

听完后，教皇看上去有些疑惑。

"你的描述，很像我认识的一个血族亲王。"他轻声道，"不过这个时候，他本应该独自沉眠才对。"

"难道是我的原因……"苏青的脸顿时白了。

"不是你的错。命运早已安排好一切，即使不是你，也会是别人的。无需为此烦心。"教皇安慰道。

在那宛若日光般温暖的声音中，苏青感觉自己长时间以来的焦躁与担忧都被一一抚平，不禁又对教皇产生了些许依赖之情。

"但是现在，我每晚还在遭受侵扰……"她喃喃道，出口才惊觉，"啊，抱歉，教皇大人，我失礼了。"

"不用那么毕恭毕敬，叫我弥赛亚就好。"他微笑道，"放心吧，之后每个夜晚，我都会保护你的。直到你安全为止。"

"真的吗？"苏青惊喜道。

"当然。保护每个神的子民，是我的责任，也是我的义务。"

苏青尝试解释清楚，但过往的阴影却缠绕着她，让她时不时地因惊惧而中止。

教皇听完后又安慰了几句，便点了点头离开了。

苏青咬着嘴唇，情绪汹涌而来，几乎让她无法言语。

"我……"她刚想说话，眼泪却先一步落了下来。

她尝试了好几次，却只能边匆匆擦着眼泪，边吐出一些破碎的字句，"抱、抱歉。"

"没有关系。"眼下一凉，原来是教皇轻轻抹去了她来不及擦掉的泪。

苏青愣愣地抬头，却正好对上他温和而包容的眼睛。

"即使不说出来，也没有关系。"他缓缓道，"如果说出来反而会伤害到你，那就不用说。"

苏青沉默了半天，还是没能说出来。

教皇等了一会儿，温声道，"既然不想说的话，我就不勉强了。"

番外故事

（棋子力大于 12 可开启）

莉莉丝番外

苏青很久没做梦了。

她的生活平静，棋子也很安分，突然而至的梦境很少再造访她的睡眠。

所以今天在梦中睁开眼的时候，她还略微有些惊讶。

讲桌上老师在念着单调乏味的课文，窗边的绿荫蒸着蝉鸣，周围的学生有的在听课，有的在玩手机。她趴在桌上，像是刚从一场小憩中清醒，仍残留着几丝模糊，一时竟分不清这是梦境还是现实。

"妹妹。"熟悉的声音从身侧传来。

苏青恍惚间抬头，正对上莉莉丝含着笑意的眼睛。

"又熬夜了？"莉莉丝手撑着脸颊，银灰色的眼眸宝石般澄澈明亮，阳光细碎地洒在她的发上眼中，有几分无奈地注视着她，"不是昨晚答应得好好的，要开始早睡早起了？"

苏青还在恍惚中，身体却本能般先一步做出了回答，"昨天是意外，今天一定！"

"你呀……"莉莉丝笑着摇了摇头，伸出一根手指，刮了刮她的鼻子。

"你就是吃准了我舍不得骂你。"她笑骂道，"小白眼狼。"

那根手指雪白柔软，她靠过来时打着卷的发梢在空中一晃，带着莉莉丝身上熟悉的馨香包裹过来。苏青的心脏像是浸泡在了温热的水中，麻酥酥的，柔软又温暖。

"姐姐。"她鼻子一酸，忍不住用力抱住了眼前的人。

"怎么了怎么了？"莉莉丝一怔，反抱住了苏青，安抚性地摸了摸她的背，柔声劝哄道，"怎么委屈上了？没关系，讲给我听听，姐姐一直陪着你。"

"没、没事……"苏青有些哽咽，"就是……想姐姐了。"

"我当是什么事……"莉莉丝啼笑皆非，轻轻揉了揉趴在她颈边人的发，眼中笑意碎闪，像是在满怀怜惜地抚摸一只脆弱又可爱的小动物。

"姐姐也想你呀。刚刚你睡着的时候，我可是忍了很久才没搞些小破坏。"莉莉丝亲昵地蹭了蹭她的脸颊，"但是没关系，姐姐一直看着你呢。没什么好因此伤心的，之后我们也会一直一直在一起……"

"姐姐还没担心你抛下我呢，倒是你先委屈起来了。"莉莉丝抱着苏青，轻声道，"高兴一点，等会放学了带你去吃那家你一直想吃的巧克力芭菲，嗯？"

"不要。"苏青埋在她怀里，闷闷地说，"会长胖。"

"又撒娇。"莉莉丝晃了晃手臂，笑道，"你胖什么呀，姐姐一只手都搂得过来。"

"那好吧，最后一次！"

在夏日温暖的阳光下，她们相拥，肌肤相贴，发丝交缠，像是无数个夏日中最普通的一天。

End

苏青很久没做梦了。

甚至她也不知道自己现在到底是不是在做梦。

她撑着把黑伞，独自站在一个小巷的巷口。

天色正近黄昏，雨灰蒙蒙地下，电线杆将天空切割成一块块，乌鸦三三两两，站在线上。

苏青微微抬起伞檐，隔着灰雾般的细雨凝视着行色匆匆的人群。

小巷延伸向不可见的深处，青砖缝隙中隐隐透出苔痕。

她顿了顿，抬脚迈入小巷中。

潮湿飘渺的水汽环绕在她身周，在苏青踏进那家神秘的店铺时，她的衣袖已经被稍稍沾湿了一些。

面前是一家复古样式的砖瓦房，木门虚掩着。

苏青收起伞，跨过门槛推开了门。

一股幽香传来。

凛冽又悠远，像是远山云雾中，落满雪的雪松。

房内与房外宛若两个世界，屋内温暖干燥，点着个小小的香炉。

"贵客光临，有失远迎。"店主人坐在柜台后，声音含笑，指尖架着杆烟枪，燃着幽幽的白雾。

他面容精致，一双上挑的桃花眼潋滟含情，眼下一点下坠的血痕，嘴边仿佛无时无刻不挂着笑意。

苏青定定地凝视着他。

他任由苏青观察，淡然地呼出一口烟气，挡住了晦暗不明的双眼，但面上的笑容却仍是完美无瑕。

"……墨千秋。"苏青说。

"这位姑娘竟是曾光临过的故人么？"墨千秋略有些惊讶，随即又转变为苦笑，"抱歉，在下这些年刚服过药……前尘往事，已尽忘却了。"

"要做生意还行。如果是为了叙旧……"他在桌上磕了磕烟枪的底部，淡淡道，"恐怕就要让姑娘失望而归了。"

苏青沉默了一会儿。她紧攥着伞柄，伞面上的水这时终于汇聚到伞尖，啪嗒一声滴落。

"……那么，你这里，现在卖什么呢？"良久，她开口道。

"卖梦。"墨千秋轻描淡写道，"红尘种种，皆在梦中。但是客人，现在你还买不了。"

"为什么？"

"因为现在你心中……"墨千秋透过雾气凝视着她的眼

睛，"没有欲望。"

　　苏青抿了抿唇。过了一会儿，她略一点头，转身离开。

　　在她即将跨出门槛的时候，墨千秋幽幽的声音从身后传来。

　　"如果需要帮助，尽可以来找我——"他说："每当黄昏逢魔之时，我都会在这里。"

　　"姑娘，不知为何……"

　　"我初一见你，便觉着很有眼缘。"

　　苏青停了下，笑了笑，利落地跨过了门槛。

End

End

黑与白的绮想曲

*** 初 始 ***

耳百 ◎ 著

如果神明抛弃了我们，那就抛弃神明。

如果太阳收回了眷顾，那就创造太阳。

如果面对无法逃离的噩梦——

那就成为最恶劣的噩梦本身。

——《黑之国帝王史》·

《埃尔维克·奥古斯塔斯卷》

*** 初　始·楔　子 ***

开启

棋盘世界

宛若童话般的离奇世界，万事万物都是圆润柔和的风格，魔法剑技与机械兵器在这里得到了统一的和谐。但与之相对的，却是本土居民阴晴不定的性格和高度的警惕心。

整片大陆被两方势力割据，黑国王占据北大陆，白国王占据南大陆。

黑之国的士兵擅用兵器与机械。黑国王的统治风格严厉残酷，且行事肆无忌惮，但凭借着高超的战争头脑，和宛若杀人机器般令行禁止的黑军团，他战无不胜，很快便统一了整个北大陆，建立了属于个人独裁的帝国。

白之国的士兵擅用魔法与剑技。白国王的执政风格温和包容，是民心所向的仁王，凭借着强大的个人魅力和忠诚无比的骑士们建立了联邦制，统一了南大陆所有的国家，被推举为联邦国王。

整个世界在此刻就像一张巨大的国际象棋棋盘，棋子已经落好，只待执棋人上场。

　　你，来自现实世界的少女苏青，进入游戏时所拥有的棋子是

——透明的"后"。

　　在国际象棋体系中，"后"是子力最强的一枚棋子。棋盘世界从没有出现"后"，而现在横空出世的唯一"后"却不属于黑白两色的任意一方。

　　作为在棋盘上可活动范围最大的"后"，你的特殊能力是

——逆转时空。

游戏开始

　　苏青被一股莫名的力量吸进悬浮空间，等到苏青再睁开眼睛的时候，眼前的一切都变了。

　　她像是漂浮在一个空间里，脚底空落落的，踩不到实物，身周还围绕着一圈散发着幽亮蓝光的光圈，仔细看似乎是由数字拼凑起来的数据串。

"欢迎你的到来，新玩家。"

　　眼前蓦地展开一张巨大的屏幕，苏青猝不及防地和屏幕上自己的大头照看了个对眼。

　　"我去，这什么？"苏青被吓了一跳。

　　之前那个说话的声音又一次响了起来："这是您的玩家面板。我们会实时更新你的资料，同时帮助你进行游戏。"

"实话说，我现在还是有点搞不清楚状况。首先，这是什么地方？你又是谁？"

"此间名为'棋盘'空间，是独立于所有世界外的空间，也是两个世界之间的桥梁。玩家可以把它当成类似于中转站之类的存在。"那个声音在这时顿了一下，"至于我，我是棋盘空间的意识集合，所有棋盘系统的主管者。如果'您'有什么问题的话，我也会提供一些帮助。"

神秘声音在那个单独的"您"字上的语音格外加重了一点，但苏青此时正努力接受着过大的信息量，没有注意到这个微小的细节。

苏青勉强整理了混乱的思绪，又发出了疑问："那既然你说我是'玩家'，就说明一下这到底是个什么游戏吧？我作为玩家，到底应该做什么？"

"因为一些原因，你们的世界和另外一个世界的世界壁产生了缝隙。为了修补世界的缝隙，我们系统会挑选你们世界的人，不定时地去往另一个世界完成任务。当然，是有偿的。"神秘声音说，"至于具体该做什么，当你进入另一个世界时，你身上携带的系统会提示你的。"

简单来说就是，她必须穿去另一个叫作'棋盘世界'的异世界完成任务，在穿越的时候可以获得一枚代表在异世界身份的棋子，系统发布任务跟棋子所代表的身份有关。

苏青思考了一会儿，问出了最后一个问题："你刚刚说我要往返于两个世界之中的吧，那我什么时候可以回去我的世界？"

"一次任务结束后即可返回。"

"那我要是没完成呢？"

"那么还请玩家多多努力啦！"

苏青被这刻意矫揉出的起伏语气肉麻了一下，无奈道："我就知道，不可能会有完成就有奖励，输了还没有惩罚的好事，哪个小说都没有这么写的。"

估计完不成任务的话，就要永远留在那个异世界了吧。

果然真正要选的话，还是想过平静的生活。

苏青叹了口气。

"玩家还有什么问题吗？"

"来都来了。"苏青缓缓道，"那就直接开始吧。"

悔！不！当！初！

苏青站在空无一人的荒野中，想穿越回三分钟之前一巴掌打醒那个自信满满的自己。

什么都问了，单单没问这个异世界到底是个什么样的世界。

现在的她穿着一身亚麻色素长袍，脚下踩着裸露的土地，四周是空无一物的旷野。此时已临近黄昏，血红的落日在空阔的平原上显得格外恢宏，映在苏青仰望的眼睛中。

异世界的季节应该和本世界一样处于夏季，就算在临近夜晚的黄昏，单穿一件长袍也不是很冷。但是这里的风很大，如果晚上找不到住处的话，即使不论野兽之类的危险，光低温也能让她就此止步

要找到可以住的地方才行，最好能有食物。

苏青小声问："系统，你在吗？"

　　一张半透明的屏幕在眼前展开，缩略的地图上代表苏青所在位置的红点一闪一闪，一条标着红的路径通向不远处，在标注为安塞城的目的地旁画了一个圈。

　　苏青依据地图走了两步，红点也随之移动，光线昏暗，勉强可以辨认出地上有一条几乎与土地融为一体的小路通向远方。

　　"难道，真的要走过去？"

　　苏青深吸一口气，抱着最后一丝希望打开了系统自带的背包，希望能有什么可以能帮得上忙的东西。

　　她摸索一番，却只摸到了一个硬硬的小东西。

　　"这是什么？"

　　她将那个东西拿出来，对着太阳看了看——一枚晶莹剔透的棋子。

　　被雕刻为国际象棋里棋子的形状，最顶端像一顶小王冠，做工精巧而细致。不知道是什么材质，内部明明是固定的纯澈透明色，在阳光下稍一转动，便像流水般流光溢彩，泛出美丽的光晕。比起一枚棋子，倒更像是一件艺术品。

　　"不过哪有国际象棋里的棋子不是黑白两色的……"看到包里还有根绳子，苏青便顺手把它挂在了自己脖子上，"看来这就是系统说的那个，代表异世界身份的棋子了吧。"

苏青对国际象棋不太了解，不能具体分出这究竟是哪一颗棋子，只能根据形状瞎猜，"难道是王？"如果真是王的话，在这个世界的身份就是王了吗？这个棋子代表的寓意不会这么简单吧？

不过多思无益，迫在眉睫的还是到这个安塞城里去。

只是……这么长的路，完全靠走的话会死人吧。绝对会的吧。

苏青双手合十，虔诚闭眼："万能的神啊，信女愿用身上十斤肥肉，换一个不用走路的方法。"

"咦？"身后传来声音，"姑娘怎么一个人在这儿？天要黑了，很不安全的哦。"

那声音柔和低沉，有几丝沙哑，尾音上翘，像个小钩子般勾人心神，几乎能想象到来人脸上的笑意。

不会吧！真的有啊！

苏青怀着激动转头，一看之下就怔住了。

面前的男人面若冠玉，眸若点漆。一双桃花眼似笑非笑，薄唇微挑，未开口便有三分笑意。他乌发半长，落在雪白的颈上，右眼角有一道红痕拉到脸颊，像是一滴凝固的血泪。配合上他漫不经心的笑容，更为他增添了几分诡异的魅力。

他穿着一袭黑袍，腕口和脖颈处的金色暗纹随着动作若影若现。虽然现在没有下雨，他的左手仍拿着一把黑色的油纸伞，露出的一截手腕在黑色的映衬下苍白得惹眼。

苏青倒吸了一口气，被近距离的顶级帅哥的美貌冲击得大脑有些停摆，"呃，你、你好……我、那个……我要去安塞城的。"

男人眼中的笑意加深，向苏青伸出手："来，我带你去。"

苏青傻乎乎地握住了男人的手。

这只手皮肤雪白，骨节分明，握上去的时候有力却冰冷。像是触摸一块冰凉的冷玉。

苏青这才后知后觉地反应过来，脸瞬间涨红。

男人一声轻笑，拢了拢苏青鬓旁的发丝：“你是新来这里的吧？真是个有趣的小姑娘呢。”

苏青和男人对视，被那双桃花眼一看又感觉自己有点晕：“嗯，我是……咦，你怎么知道？”

“这个嘛……在下是个商人，商人的消息怎么可以不灵通呢？”男人像是无时无刻不在微笑，他突然看了看天空，嘴角的笑容一滞，“失礼了。”

他突然靠近，长臂一揽将苏青的脸按在了胸前。

这时你选择：

用力推开他　　　　　　　　　待在原地

（继续阅读012页）　　　　　　　　（跳至013页）

剧情一

苏青被吓了一跳，下意识便用力想要推开这个陌生的男人。

他蹙眉，却更用力地抱紧了她。但与手上动作相反，他的语气却温柔极了，充斥着像对待小孩子似的诱哄感。

"别怕，"他声音柔和，"只是帮你一把。"

苏青与他对视，那双桃花眼眸光流转，向她微微一笑。

苏青移开了视线。

*** 继续阅读014页 ***

苏青蒙了，只能嗅到男人身上淡淡的香味，凛冽又悠远，像是遥远青山上落满雪的雪松。

男人笑了，臂弯放松了些，低下头来，那双仿佛有着魔力般的桃花眼无限逼近，唇齿间的呼吸几近相接。

苏青看着男人越来越近，下意识闭上了眼。

男人的轻笑声擦着苏青的脸侧而过，他的声音正正停留在她的耳侧，下颌克制地悬停在她颈窝上方，无比暧昧，却也没有任何实际上的接触。

苏青紧张得眼睫颤动。

他的声音带着似有若无的气流渗入耳畔深处。

"真乖。"

苏青睁眼。

*** 墨千秋好感度+1 ***

周围的景色一瞬间便发生了变化，男人像是褪色的风景画一样渐渐消失。

"到了，小姑娘。"带着笑意的声音也变得遥远起来，"我们还会再见的。"

"等等！我还没有感谢你……我甚至还不知道你叫什么名字！"

苏青急了，慌忙伸出手，却只捞了一手破碎的残影。

"我的名字是墨千秋。如果需要帮忙的话，可以来塔卡酒馆找我。"

墨千秋竖起食指放在唇前，眨了一下眼睛，随后的话几近气音，随着风声一起远去，"我等着你，小姑娘……"

苏青茫然地站在原地，在墨千秋声音消失的那一刻，周围嘈杂的声音便像是潮水一般汹涌而来。

叮！玩家已到达安塞城！

主线任务更新中……主线任务更新完毕。现在发布玩家主线任务——请送一封信给黑之国的国王殿下。

任务道具：信已放入玩家背包中，请玩家查收。

系统的声音清晰地在大脑中响起，让苏青回过了神。

现在最重要的，还是解决住宿问题。

苏青抬头看向天空，天幕已经灰暗了下来，马上就要入夜了。

她神色变得严肃了起来。

她差点忘了，并不是到了城市里就是解决问题了，最关键的问题还在于——

她根本没有钱！

魔法与歌谣

安塞城在白之国的边境中是最繁华的城市，苏青在城市错综复杂的道路中如同无头苍蝇般乱转了好久，最后问了过路的行人才终于在天黑时找到了可以栖身的旅馆。

至于住店的钱从哪里来？

"星辰商会，竭诚为顾客们服务！"声音甜美的少女站在柜台后露出了闪亮的笑容，"提供资金借贷服务，价格公道，利息可查，全大陆皆有驻点，随时还款！"

"呃……"苏青露出了迟疑的神色，"这个不用抵押什么东西吧？"

如果要抵押的话，她全身上下也只有系统发给她的棋子看上去值钱一点。

"不用的哦！只需要留下您的指纹就可以了。我们星辰商会是全大陆最大的商会，历史悠久，规则公平，指纹只是用来作为身份证明使用，您尽管放心！"

在身后少女热情的"欢迎下次光临"的声音中，拿着一包钱币上楼的苏青，心情莫名的沉重。

总感觉，走上了一条危险的道路。

这里的旅馆同时也是酒馆，楼下的大厅卖酒，楼上可以住宿。本来苏青还担心楼下的吵闹声会影响到睡眠质量，但一上楼声音就像被屏蔽了一样，周遭瞬间安静了下来。

苏青奇怪地上下了好几次，楼层就像是一个临界点，退一步就是喧闹嘈杂，上一步就是静谧无声。托环境良好的福，苏青在异世界的第一晚竟然睡得特别香甜。

第二天苏青出门时精神奕奕地向柜台后的少女打了招呼，同时表达了自己的疑惑。

"啊，那个啊，是魔法哦。"少女笑眯眯地回答，"所有白之国内，星辰商会名下的旅店都有专门的法师来设置隔音魔法。"

"魔、魔法？"

苏青舌头都要打结了。

"咦，难道客人是从黑之国那边过来的吗？魔法在白之国是很常见的东西哦，可以在这边多体验一下。不过把魔法产品带出国界是禁止的哦！"

原来这是个有魔法的世界吗？

苏青顿时感觉自己的处境危险了起来。

而且自己的主线任务还是要带一封信给黑之国的国王。一个什么都没有，住宿都只能靠借钱的异世界旅人，要越过国境线面见一个国家的王……

怎么想都觉得这个任务太不靠谱了吧。

虽然苏青被系统称呼为游戏玩家，但是经过她这一天并不美妙的体验，已经认清了这并不是一个以她为中心的游戏。没有任何金手指，也没有外挂。光是在这个异世界生存下来就已经很难了，更何况她还背着亟待完成的主线任务。

哦，还有欠债。

苏青原本高昂的心情像是被当头泼了一盆凉水。

是我太菜了吗，其他玩家到底是怎么玩的？

到底该怎么办？

在苏青对着显示任务进度为百分之零的系统面板发呆时，一道声音像是不期然间从回忆的深处划过耳畔——

"我的名字是墨千秋。如果需要帮忙的话，可以来塔卡酒馆找我。"

语调上扬，让人想起他总是带着几分笑意的眼睛。

虽然不能老是指望别人，但是这大概是唯一可行的切入点了。而且，最起码要正经上门道一次谢吧。

苏青抹了把脸，重新振作了起来。

"我想问一下，塔卡酒馆在哪里？"

塔卡酒馆从外观上看比苏青下榻的酒馆壮观得多，大门的门扉又厚又重，苏青差点没能推动。

一进门才发现大厅格外宽阔，旁边甚至还有一个小型的戏台，可以想象这里人满时会是多么喧闹的场景。但是此时这里却一个人也没有。

"请问，这里有人吗？"

声音空落落地传了出去。苏青试探着迈出了一步，脚步落地的声音格外清晰。

"我等你很久了，小姑娘。"

熟悉的嗓音在身后响起。

苏青被吓了一跳，一回头看见墨千秋悄无声息地站她在身后不远处，忍不住说出了口："你走路都是靠瞬移吗？"

墨千秋听了这话不置可否，只是将手中被绢布包裹的酒杯放到了桌上，若有似无地笑了一声。

苏青这才意识到自己有些失礼，忙解释道："不好意思，我不是要冒犯……"

"嘘。"墨千秋竖起食指，在唇上轻轻一碰，压低了声音，"表演要开始了。"

他这次戴着白色的手套，以一个安全的距离轻轻搭上了苏青的肩，苏青不明就里，顺着他的力道坐下。

戏台上的帷幕不知道何时拉开了，一名穿着艳丽的女人怀抱着像琴一样的乐器，随意地坐在椅子上，缓缓拨弦吟唱。

"漂泊之人啊，请在此停驻，

在这朦胧的星月夜，

正合适熏然的醉意，

以及王的故事。"

女歌手的声音悠然空灵，唱腔婉转而优雅，刚一开口苏青就被震撼了。

墨千秋见状笑了笑，将原本放好的酒杯晃了晃，杯子里不知道装的是什么，色彩瑰丽变幻，像是一团凝固的星云，仔细看还闪烁着点点的细碎流光。他将杯子推到苏青面前，杯中的冰块碰撞在杯壁上发出一声轻响。

苏青正好有点渴了，于是小小地抿了一口。

口感清甜爽口，她眼前一亮，直接三口并两口喝完了。

台上的女歌手仍在继续唱着：

"骑士之子，月神的化身！

月光织就白色的冠冕，

仁慈的悲悯之王，

请宽恕天下一切的罪，

许您的臣民以纯白的新生！"

苏青抬头看着高歌的女歌手，她还是第一次听这种充满着异域气息的独特而优美的歌谣，一时不禁有些入神。

墨千秋手托着颌，只静静看着苏青，嘴角有些捉摸不透的笑意。

"北地之主，战争的践踏者！

鲜血为冠上之缀，白骨为身下之座。

永恒的胜利之王，

请带领着您的臣民前进吧！

众神遗弃之地没有光，

您就是唯一的太阳！"

苏青正听得入迷，墨千秋却突然开口打断："够了，下去吧。"

歌声戛然而止，歌手行了个礼，缓缓退场。

苏青疑惑地看向墨千秋，只见他慢条斯理道："虽然吟游诗人确实是我请来的……但小姑娘来我这不是为了听歌的吧，嗯？"

苏青一怔，这才想起来自己是有正事要办的。

"首先，我想当面再好好感谢一下您，当初的事真的是十分感谢，麻烦您了。还有就是……"刚谢完就又要拜托人家，苏青不禁有些脸红，"我现在有一些特殊的理由，必须要见到黑之国的国王，请问墨先生有没有什么方法呢？"

"一个仿佛凭空出现的小姑娘，突然说要觐见黑之国的国王……"墨千秋点了点下颌，"到底是多么特殊的理由呢？"

"这个，我大概不能说。"

苏青的眼神飘忽，总不能说我来自另一个世界吧。

"你，是玩家吧。"

墨千秋轻飘飘地扔下了个重磅炸弹。

苏青噌一下站了起来："你怎么知道？！"

"这不是显然易见吗？"墨千秋的手指转了一圈，拿出了一个东西。

——那是一个白色的棋子。

做工精巧，美轮美奂。虽然造型不同，但一看就是与系统发给苏青的棋子是一套。

苏青顿时恍然大悟："你也是玩家？"

墨千秋对此回以愈发温柔的微笑。

苏青都快感动哭了："大神，萌新求带，求抱大腿带飞啊！"

莫名其妙被拉入这个游戏，正是茫然无措之际，居然能这么幸运地遇到这个救星般的大佬同类……这难道就是运气的触底反弹吗？

他乡遇故知的欣喜与施以援手的感激叠加在一起，墨千秋的形象此刻在苏青心中格外高大了起来。

她心中的激动难以言说，一双愈发亮闪闪的眼睛眨巴眨巴，期待地看着墨千秋。

墨千秋笑了笑，敲了敲桌子，不动声色道："所以，你的任务是要见到黑国王？"

"啊，对，我的主线任务是要带给他一封信。"

"这件事其实很简单，我可以给你指一条路。但是，这毕竟是你的任务，还是要你自己完成，所以请原谅我帮不了太多。"墨千秋眉头微蹙，似乎真心实意地在为苏青担忧。

"没关系，知道怎么下手就好了，我会自己努力的！"

"那就好办了。下个月就是黑国王的生辰，各方势力都会向掌控整个北地的王献上贺礼，黑之国的王城在那时会面向全大陆开放。你只要加入一个预备到时要献上贺礼的商队，应该就可以得到面见国王的机会。"墨千秋唇角微抿，带着一丝矜持的贵气，"在下不才，正巧便是其中之一。"

苏青激动中带着一丝忐忑："那，前辈，可不可以……？"

"可以是可以，但是这次参加的人都是精挑细选——"墨千秋沉吟，在苏青露出沮丧神情后眼睛一转，"但是，假如你能完成考验，让你占一个名额也没什么大事。"

叮！主线任务更新，成功取得加入这次献礼活动的资格！
当前任务进度，百分之十。

苏青被诈尸的系统惊了一下，随即更加高兴了起来，连系统都认可了，说明这种方法是切实可行的！

墨千秋浅笑，本就好看的桃花眼更显得波光潋滟。

"考验地点就在月见森林的入口，"他缓缓展开地图，在某个地方一点，"你先去那里等我。认路，就是考验你的第一步。"

脑中系统一响，实时录入整张地图，三维立体化山脉、河流、走向……最后化为一张平平无奇的平面图，标注出任务终点的光点。

名为考验第一步，其实根本就是送资料啊。

"前辈。你真是个好人。"

苏青怀着感恩之心郑重地又道了一次谢。

随着酒馆的大门缓缓合拢，一切又重归静谧。

墨千秋没有动，仍是坐在原地。酒吧里光线昏暗，他任凭自己被黑暗吞没，唯有一束光透过侧旁装饰的彩窗，映在他此时毫无感情、玻璃珠似的眼睛上。他拿起苏青已喝完的杯子在指间缓缓转动，端详着杯壁上残留着的淡淡星光。

一只手从旁边伸出，轻巧地拿走了原先桌上那一枚白色的棋子。

"墨会长可真舍得，激发'能力'、一滴千金的'宇宙'倒上了满满一杯，全做小孩的饮料了。"女歌手嘲讽道，"我就是个普通的白色'兵'，你可是大名鼎鼎的星辰商会的会长，还特地拿着我的身份骗新玩家，至于吗？"

"我可没有骗过她。我可曾说过一句假话？"墨千秋的声音仍带着笑意，但配合上他冷漠的眼神，却显得格外令人畏惧。

"我是不明白了，就是个新玩家，就算她的任务难得离奇，也与我们星辰商会无关，不至于你这么大费周章吧？"女歌手挑了挑眉，"不会是真的对她一见钟情了？"

"新玩家不至于。"墨千秋淡淡道，"但'后'至于。"

"'后'？！"女歌手震惊的样子像是见了鬼，"你说，刚刚那个小姑娘是'后'？！"

"是的。而且是不属于黑与白任何一方的透明的'后'。"墨千秋露出了一个比以往的笑容都真实得多的笑。

"最强的棋子，却没有染上任何一种颜色吗？看来，这片大陆要乱起来了。"女歌手喃喃道。

"没错。作为商人，消息灵通可是必修之道啊。如果变革必将来临，那就先一步掌控先机。只有看得最远的人，才能得到最多的财富。"

墨千秋突然嗤笑了一声，紧接着漠然地张开手指，任由手中的杯子落向地面，摔了个粉碎。

"而且，这么多年，我也已经受够这种财富增长缓慢的日子了。我要激烈地博弈，而不是看着一堆无趣上涨的数字。"他温暾的面具像是镜花水月般破碎，露出了底下见猎心喜般的笑容，"只有战争，才能带来我想要的。我想要一步登天的暴利，还有，踏错一步就粉身碎骨的风险。"

女歌手下意识地连连退后。

这个人，是全世界最疯狂的赌徒。

用全大陆人的性命——赌他狂妄的乐趣！

"棋局已经摆好了。尊贵的后啊，你在这里会有着什么样的表现呢？我很期待。"墨千秋微笑道，"现在，是下注的时间了。"

第③章
月见之花

夜色低沉，树影浓密，苏青艰难地辨认着树叶缝中漏出的几丝月光，心底凉了半截。

"月见花，只生长于月见森林、只于月圆时刻绽放的奇迹之花……"墨千秋既像是叹息，又像是撩拨的气息仿若仍在耳畔："黑国王最喜爱的花，纯白无瑕。如果能把它取来，作为贺礼的一部分，你就可以如愿以偿。"

一阵夜风吹过，身边的树叶沙沙作响。天上的月亮已至半空，投下诡异扭曲的影子。

苏青恍然想起踏进这片森林前与墨千秋告别时他的笑容，但是那笑意，和那上挑的语调，却在这一瞬间与这森林的冷风一齐，幽幽地缠绕上她的肌肤，让她联想到吐信的毒蛇。

但是苏青马上摇头把这个念头扔出了脑海，人家墨前辈那么好，怎么能这么联想他！太不尊重人了！

她搓了搓身上冒出的鸡皮疙瘩，选择继续往森林深处进发。

但苏青跟着系统地图提示的路径走了一会儿，刚开始没怎么注意周围的环境，现在时间长了发现有点不对劲。

太安静了。

这片森林，只有她一个人的脚步声。

除此之外，鸟鸣声、昆虫的叫声、走兽的跑动声……这些一丝一毫都没有。

风穿过树林间的间隙，发出奇异的尖啸声。

苏青的神经绷紧了。

风声中，似乎有什么东西靠近。

这时你选择：

不回头

（继续阅读026页）

回头

（跳至027页）

迷路的羔羊

一瞬间，苏青脑子里闪过了无数恐怖片中回头杀的剧情。

于是她没有回头，选择了直接向前逃跑。

急促的喘息、闪烁的树影、隐约的嚎叫，一切都让她越来越紧张，没有心思对照地图，而是一门心思向前奔逃。

背后的风宛若实质，强烈的压力猛压过来，苏青向前一扑，正正扑进了一团阴影中。

直到身后微弱的光亮彻底闭合，腥臭的气味直冲鼻腔，苏青才反应过来。

那不是阴影，那是不知名的捕食者，张开的巨口。

苏青猛地回头，但身后只有空无一物的黑暗。

"原来只是风吗？"

苏青松了一口气，回过头。

眼前赫然是一朵巨大的花，花盘几乎有人身大，花蕊部分正冲着苏青的脸，边缘处是一排张开的密密麻麻的利齿。

一股分泌液从它张开的"嘴"里流了下来，瞬间腐蚀了苏青脚前的一块土地。

苏青的眼睛瞪大，瞳孔收缩。

甚至来不及尖叫。

那朵花的花茎一弹，像是毒蛇般猛扑了过来，张开的嘴劈头盖脸地罩了下来。

我要死了。

苏青脑海中只剩下了这个念头。

这时，苏青眼前突然爆开了一阵白光，她下意识地闭上眼。

但预想中的疼痛却迟迟没有到来。

苏青试探着睁开了眼睛。

食人花口腔里腥臭的味道似乎还停留在头发上，但原来近在咫尺的花却消失得无影无踪。

这时苏青才后知后觉地发现，怀中的棋子烫得惊人。

叮！恭喜玩家解锁"后"的特殊能力，逆转时空。请玩家多多努力，早日升级！

逆转时空？时间与空间？

所以，她这是被随机传送到了另一个地方吗？她还在月见森林吗？

夜幕低沉，细碎的星星仿若天鹅绒上散落的钻石粉末，无比清晰，熠熠生辉。银河仿佛瀑布般从天上倒灌下来，与地面相接，像是一条无声地燃烧着白色火焰的河流，壮丽炫目，苏青情不自禁屏住了呼吸。

眼前是一片雪白的花海。

花瓣半合，好似收集了世界上所有纯白的美好，散发着神圣的光辉。这白色的海洋与星光彼此映衬，彼此交融，简直让人分不清地面与天空。

而在这世间所有的美好中间，在花海中央，沉睡着一位少年。他双眼微阖，睫毛微微颤动，像是一只正巧落在眼帘上的蝴蝶。这所有的一切，在这个少年身旁都黯然失色，只能沦为陪衬。

苏青看着这一切，完全无法发出声音。

此刻，圆月当空。

仿佛接收到了什么信号，花瓣在仿若实质般的月光下倏倏颤抖，接着开始缓慢地伸展，层层绽放，最后定格在最完美的姿态上，沐浴着月光的洗礼。

无数的月见花齐齐绽放，苏青清晰地听见了花瓣剥离、伸展的声音，像是花朵在小声地歌唱。

叮！主线任务推进，现在进度百分之三十！

苏青如梦初醒，小心翼翼地摘下了一朵月见花。

不知道是不是摘花的声音惊扰到了他，花海中的少年眼皮动了动，睁开了眼睛。

那是怎样的一双眼睛——像是鲜血与黄金熔炼而成的，纯粹到极点的赤金色。

明明是绮丽到极点的一双眼睛，却因为主人的眼神而完全不能注意到美，只有来自身体本能的疯狂预警，让人只想快点从这个人的注视下逃走。

这时，少年的眼睛转了转，随即精准无比地看向了苏青的位置。

纯洁无瑕的白色花朵簇拥在他身旁，本身是圣洁无比的氛围，却在他睁开眼睛的那一瞬间顷刻破碎。面对他的注视，便仿佛在直面血与火的深渊。

苏青的后背涌上了一阵急促的战栗感。

少年的眼瞳在看到苏青的那一刻收缩，随即那赤金的瞳色也仿佛燃烧般更加盛烈。

他笑了。唇边露出了尖锐的虎牙。

他的瞳孔已经变成了竖瞳，像是即将捕食猎物前兴奋无比的猛兽。

他张开口，无声地说了几个字。

苏青艰难地辨认着口型。

他说——

"找、到、你、了。"

感官上面对这巨大的冲击，苏青下意识地后退了一步，眼前一黑——再回过神来的时候已经站在了月见森林的入口。

夜色暗沉，凉风拂过，刚刚的一切就像是幻梦，但她的心脏仍在狂跳不止。

苏青回想起来还有些后怕。她深呼吸了好几次，才平复下那份心悸感。

天地好像在晃，头也越来越晕，苏青不得不闭上了眼睛。

但是晕眩感却越来越强烈，还有随之而来越发严重的恶心感，苏青忍了又忍，还是忍不住发出了几声干呕。

这时她感觉嘴里有点腥，鼻子里也痒痒的，一抹，糊了一手的血。

"我不会是要死了吧。"她模模糊糊地想着，许多乱七八糟的画面在脑子里混成一团，天旋地转间身体不受控制地向下倒去——落入了一个有些熟悉的怀抱。

清浅的雪松气味环绕在鼻端，似乎稍稍缓解了一些难受的感觉。苏青睁开眼，群星闪烁，月若圆盘，在异世界明亮得惊人的星空下，墨千秋深邃的黑眸中满是怜惜。

"怎么把自己搞成这个样子……"他无奈地说，"我一直在这里等着你，等着你开口向我求助，没想到，你还真舍得一句话也不说啊，傻姑娘。"

墨千秋将她揽进自己的臂弯间，叹了口气："总归还是我先舍不得了。"

温暖的体温似乎借由衣物，渗透进了皮肤之下，让冰冷的肢体重新找回了自己的存在。

"墨千秋……"

苏青咬着嘴唇，眼底酸得不行，委屈劲儿一阵接一阵地在胸腔里泛着酸泡泡。

她只是普普通通地生活着，却莫名其妙被拉入这个世界遭受这所有的一切。明明心里知道墨千秋作为跟她无亲无故的陌生人，已经对她够好了，她这时应该好好地跟人家道谢才是，但是眼泪却控制不住地想往下掉。

"我难道做错了什么吗？"她的眼中泛出泪水，"为什么偏偏是我呢？"

墨千秋的眼眸深处晦暗不明，复杂的情绪似浪涛般一闪而逝，又随即隐没于黑暗深处，化为一声意味悠远的叹息。

"没有什么对错与否。这个世界，本身就是个不讲道理的世界。"他的手抚上她的发，动作轻柔，"但是面对这个庞大的世界，人又是如此的渺小。所以，我们也只能这样不讲道理地活着。不管用什么样的方式……"

墨千秋的手指微微用力，不仅没有嫌弃苏青的眼泪，反而让她靠在了自己的胸膛上。

"哭吧。"他轻声说，"我会一直在这里陪着你。"

雪松的香气愈加浓郁起来，苏青心中情绪激荡，逐渐从无声的哽咽变为大声的哭泣。

等到迟来的理智终于回笼后，眼前的布料已经洇湿了一大片，她这才反应过来，赶紧抬起头：“我没事了，不好意思。”

墨千秋递来一张手帕。

苏青刚想拒绝，就听墨千秋一声低笑。

"虽然有点傻乎乎的，不过……"他柔声道，"很可爱呢。我很喜欢。"

那双上挑的桃花眼无限接近，其中满是缱绻的笑意，却又在咫尺间突然停住。他抬起手，轻轻拭去了她眼角的残泪。

苏青呆住了。他松开手，她下意识地接住了那张手帕。

"回去吧。去黑之国的旅程很辛苦，要早作准备才行。"他站起身，背影在夜色中更显挺拔瘦削，带着几分捉摸不定的神秘。

苏青抓着那块手帕，丝绸的质地柔软光滑。

这时你选择：

还给墨千秋

（继续阅读032页）

收下

（跳至033页）

苏青追了上去。

"对不起，我还是不能接受……"她将手帕交还给墨千秋。

"没事。"他笑着收下，却似有遗憾般轻声道，"本来还想能让它代替我一直陪着你。"

苏青耳朵红了："前辈，还是不要讲这么令人误会的话了。"

墨千秋不置可否地笑了笑。

*** 阅读034页 ***

叮!

接收到物品〔特殊的手帕〕。

物品说明：质地良好的丝绸手帕，其中交织着奇异的力量。当心，如果不放在系统空间内的话，丝线的那边可能会不知何时连接上某人的凝视。

触发支线任务——收集包含特殊力量的物品吧！

现已完成（1\4）

魅力 +1

当支线任务完成时，会有大量额外奖励属性。

苏青皱起眉："这个说明……某人的凝视？不，墨千秋前辈对我那么好，不可能吧……"

与其相信这个破系统，还不如相信可靠的同为玩家的大佬。

苏青这么笑着安慰着自己，将这件事放了过去，但心下却隐隐有些不安。

阅读034页

返程途中，苏青的身体却还是一直没有恢复。

"系统，这是怎么回事？"

叮！玩家"后"的特殊能力刚刚开启，等级尚浅，发动次数过多会对玩家身体造成伤害，请理性评估自身状况，合理使用能力。

你不早说！

今天也是怒骂不靠谱系统的一天。

黑之奏章

第 4 章

黑之奏章·起始符

　　苏青将月见花交给了星辰商会分店，不仅顺利加入了去往黑之国的商队，还将之前借贷的欠款一笔勾销了。

　　黑之国的王城开阔大气，高耸的建筑物鳞次栉比。地面以砖石铺就，干净整洁，城市的整体基调是偏向于冷硬的青灰色，街道宽广，四通八达，来来往往的人显得既繁荣又不拥挤，面容冷肃的巡卫队穿着整齐划一的服装在街上巡逻。

　　苏青初来乍到，没想到还能在混乱的类似中世纪背景下看到如此整洁肃然的一面，顿时对黑之国的国王升起了不小的好感。

　　"暴君！"

　　就在这时，一声愤怒的咆哮从街那边的尽头传来。

　　苏青悚然一惊。

　　一个男人披头散发地被按倒在街道上，他通红着眼睛大吼："暴君！你不配当王！"

"诽谤王上，罪加一等。"侍卫长坐在马上，冷漠地俯视着在地上挣扎的男人，"就地处决。"

侍卫们令行禁止，没有丝毫异议。

"刷。"

身后的侍卫利落拔剑，剑光雪亮，一下便斩下了男人的头颅。他的身躯轰然落下，血溅了一地。

苏青愣住了。发生了什么？怎么一言不合就砍人啊！

人生中第一次直面死亡，让她浑身的血液一下子冷了下来。这时她才缓慢意识到，她将要面对的，是一个多么危险的任务。苏青深吸一口气，接着赶路。

黑之国的王宫耸立在王城的中心。

严谨而宏大的巨物通体纯黑，像是挑衅般直插入天际的云层，只有顶部的尖塔底色饰以白色，承托着一个巨大的黑色太阳。

那个太阳不知道是用什么材质制成，即使是在高空之中仍能无比清晰地看见它闪耀着威严的亮光。承托它的白色尖塔隐没在云层之中，乍看之下倒像是直接悬浮在空中，与天侧那个微弱苍白的太阳相比，反而更像是真正的太阳。

来自整个大陆的人们浩浩荡荡，带着数不清的贺礼。这声势浩大的人群和礼物从四面八方汇聚而来，需要尽力眺望才能看到彼此。

而黑之国的王宫，总共有三十二层。

三十二，国际象棋一方棋子的总数。层数分明，就像阶级严密的棋子层层守卫，顺位而上，保护着位于最顶端的——王。

"等等，你不能进去。"侍卫挡住了苏青。

"为什么？"苏青愕然。

"身份不明者不能进入——"侍卫从上往下俯视她，冷冷道，"王的光辉不容玷污。"

这对于苏青来说简直是天降噩耗。

她的主线任务是必须要见到黑国王！

"我……"苏青定了定神，还是开口了。余光看到侍卫的手已经搭在了剑柄上。

苏青卡住了。

但她马上深吸了一口气，冷静而顺畅地说了下去："我不是飞鸟商队的队员，这次也只是与他们同行。我有一封很重要的信要送给黑国王，这件事黑国王殿下也知道，如果因为你耽误了黑国王殿下的正事，你又该当何罪？"

其实侍卫的弱点很好找，他对黑国王有种近乎狂热的信仰。所以要说动他，也必须从黑国王本身下手。

但是说黑国王本人也知道苏青会给他送信就完全是子虚乌有了，苏青在赌，赌这个侍卫层级不够，不可能亲自向黑国王求证。

虽然面上一派冷静从容，仿佛胸有成竹，但其实苏青心脏跳得飞快，手里满是冷汗。

商队成员们惊讶地看向苏青，但什么话都没说。

侍卫挑起了半边眉，上下打量了下苏青："信？给我看看。"

苏青："里面所写的事情十分重要，为了保证信息不被泄露，必须由我亲自交给黑国王殿下。"

侍卫勃然大怒："你的意思是我会泄露信息？你又是从哪来的什么东西，空口无凭就要面见王上？"

"凭据的话，我有。"苏青双手捧出系统所给的任务信件，"这就是将要送给殿下的信。"

信封质地厚实，触感光滑细腻，细细看去可隐约看到其中掺杂的道道金丝。信封口以红蜡密封，即使过了这么长时间，近了仍可嗅闻到暗暗的一缕幽香。印上是一朵灿然欲放的月见花。

"这个香味……是圣花？"

有离得近的商人惊讶出声。

众人哗然。

圣花是白之国的国花，代表着月神的祝福，只有白之国的王室和大祭司有资格触碰。其姿高洁，香气凛冽。在白之国战乱时期曾有破损的圣花花瓣流传在外，一现世便均被富商争抢，动辄便是万金，却还是有价无市。

这之前苏青不知道，但听说这滴蜡的香气还有这种关窍，也不禁暗暗松了一口气。

"如何，这样侍卫大人该信我了吧？"苏青还有余裕笑道，"我全身上下的行头加起来不足一金币，又哪来的钱伪造一封这样贵重的信笺呢？"

"圣花？呵。"侍卫冷笑一声，"那我更要怀疑你了。白之国的人出现在王上的庆典上，这是明显的意图不轨！对于你这种可疑分子，必须押入牢中好好看管，不能让你有半点可能破坏王上的宴会！"

话音刚落他便要动手，手腕一翻便将刀刃换成了刀背，扬起刀向苏青砍来。

这时你选择：

不动

（继续阅读040页）

躲！

（跳至041页）

不动如山

面对着当头而来的刀光，苏青僵立在原地，完全反应不过来。

"住手！"一声娇喝由远及近。

但是，已经来不及了……

苏青闭上了眼。

血溅满地。

危机当头，苏青下意识一个侧身，侍卫的刀几乎是贴着苏青的耳郭擦了过去，削去了一缕因惯性而荡起的鬓发。

苏青还没来得及后怕，侍卫双眼一眯，手腕翻转，改劈为扫，刀刃横扫向苏青的腰侧。

完了！

苏青眼中映出直直刺过来的剑，虽然大脑意识到了，身体却来不及反应，只能僵直着身体看着那把剑越来越近。她的眼瞳扩散，眼前渐渐映出白光——

"叮！"

一声清脆的轻响。

苏青眼前隐约漫出的白光瞬间收回，视线恢复清明。这时她才看见那个侍卫的剑被弹飞了起码三米远，而侍卫正捂着手腕，握剑的手被反弹过来的余力震得仍在颤抖。

"哟，好大的威风。"

伴随着慵懒又隐带着笑意的声音，一个女人从旁边缓缓走出。喧闹紧张的气氛顿时鸦雀无声。

苏青看到来人的时候也不禁屏住了呼吸，被她的美所惊艳。

她那银灰色的眼睛清澈明亮，眼波流转间自有一种凛然的高贵。鼻梁挺立，唇色深红，唇角上扬。一头金色的长发垂落至胸前，发尾有着波浪似的卷翘，更衬得她皮肤雪白光洁。

在这以黑色为主的国家中，她却穿着一身纯白的长裙，设计剪裁十分大胆，随着她的走动，前方傲人的沟壑微颤，脊背上的蝴蝶骨仿佛展翅欲飞。

在她身后亦步亦趋地跟着一头巨大的白虎，皮毛顺滑，爪子踩在地上没有一丝声响，眼神有几分跟主人相似的慵懒。但看到它不时露出来的爪尖和牙齿，没有任何人怀疑它的危险性。

神秘的女子缓缓走来，但比起这份侵略性的美貌，却是她周身庞大的气势更为压人。

"怎么，欺负远道而来的小妹妹，是没把我放在眼里吗？"

她笑意盈盈道，声音轻快，却没有任何人敢认下这话。

侍卫顿时低下头："莉莉丝大人。卑职不敢。"

"哦？"莉莉丝随手抚摸着白虎的脑袋，轻飘飘道，"既然这样，那你自断一臂，以证清白吧。"

侍卫猛地抬头，"这不可能！"

"这就不可能了？我看你为难人家小妹妹的时候，不是理直气壮得很吗？"莉莉丝眼波流转，看向呆站在一旁的苏青，"是不是，小妹妹？"

离得近了，苏青才发现，原来莉莉丝的胸上还装饰着细细的金链，从颈部交错，穿过双乳之间，一路延伸向引人深思的阴影之中。雪白的皮肤，配上熠熠生辉的胸链，格外旖旎。

莉莉丝问苏青话的时候还在靠近她，苏青甚至错觉空气中暗暗浮动着带着体温的檀香与麝香混杂的香气。

绝世大美女！就在她眼前！还越靠越近！

苏青的大脑又不争气地宕机了。

"怎么了？"莉莉丝眼中滑过一丝狡黠的笑意，越发靠近了苏青，俯下身问道:"我很好看?"

苏青脸色爆红,甚至有点腿软。

苏青胡思乱想,眼神飘忽,听到莉莉丝的话下意识地拼命点头:"姐姐太好看了!"

这不叫好看什么叫好看?通常情况下,我们那边会默认这种颜值的姐姐都是以拯救世界为目的而诞生的。

莉莉丝眨了眨眼,几缕微哑的低笑声从喉间泄出。她亲昵地捏了捏苏青的脸颊:"只看我可不行,姐姐在帮你报仇呢,哪有把仇人丢下的道理?小妹妹觉得要怎样才解气?"

她的手指推了推苏青的脸颊,苏青傻傻地转过头去,看到了已经跪倒在地上的侍卫,这才反应过来自己刚刚干了什么傻事。

她这毛病啊,怎么一看美人大脑就宕机呢!真恨不得给自己一巴掌清醒清醒。

苏青看到侍卫一副受了天大侮辱的样子,虽然解气,但心想着还是不能给美女姐姐添麻烦,那个词叫什么来着,恃宠而骄?

苏青被自己的联想雷了一下,连忙出声道:"我没事的,我也只是想参加宴会而已……"

"就这么点小要求?"莉莉丝轻笑一声,鲜红的指甲仿佛不经意般蹭过苏青的唇瓣,"不想要求点……更过分的东西吗?"

苏青还没消热的脸颊又红了。

"不、不、不了。"

"这样啊?那你直接进去吧。"莉莉丝不无遗憾地收回了手。

"莉莉丝大人!这是王上定下的规则——"那侍卫还想开口。

"闭嘴。"莉莉丝转过身来,眼神瞬间变得冰冷,"我平生最看不

起'规则'二字。我莉莉丝看上的人，还需要遵守那什么规则？"

于是，在一片静默中，苏青顶着众多复杂的目光，和莉莉丝一起走进了那扇大门。

"小妹妹，这就要说再见了？"莉莉丝含笑张开了手臂，"要不要抱一个再走？"

"这、这、这不大好吧……"苏青舌头打结。

"这有什么不好的？"

莉莉丝不由分说，修长的手臂一展，一把将苏青按进了自己怀里。

苏青："啊！"

别问，问就是香、软。

苏青手忙脚乱地挣扎出来，词汇混乱地道谢加道别后就落荒而逃了。

白虎悠悠然靠过来，用尾巴尖蹭了蹭莉莉丝赤裸的脚踝。莉莉丝看着苏青逃走的背影，揉了揉白虎的耳朵，笑道："她真可爱，是不是？"

*** 莉莉丝好感+1 ***

第⑤章

黑之奏章·华彩独奏

　　宫殿里到处都铺着暗红色的地毯，时不时有侍女和侍者端着东西经过，他们走路速度飞快，姿态却端庄典雅。即使与苏青几乎擦身而过，苏青也听不到一丝一毫的脚步声。

　　苏青暗想：这就是宫廷礼仪吗，竟恐怖如斯。

　　在正厅的门前，两个侍者笑容可掬："您好，您的随身物品我们将会帮您保管，请尽情享受宴会吧。"

　　苏青哪有随身物品啊，几乎所有东西都放在系统背包里了。

　　于是她摇了摇头。

　　"稍等，那能请您把您的项链拿出来给我们看一眼吗？这也是为了到来的宾客安全考虑。"

　　项链？

　　苏青低头看了一眼，【后】隐藏在长袍宽松的衣领下，只在光线透过来时隐隐折射出些微的色彩。没想到这么隐蔽也能被发现。

她将棋子拉了出来，但是这两个侍者一看脸色就变了。

"原来是贵客——"他们一边恭敬地拉开门一边深深弯下腰，"请原谅我们的失礼。"

"嗯？"苏青有点蒙，"你们认识这个棋子吗？"

侍者弯腰的幅度更深了："抱歉。"

看起来她不进去这两人就不起来，苏青只好顺势进入了正厅。

在门关上的那一刻，侍者就好似离了水的鱼般猛地弹起来，一人迅速跑向主管的方向："快，特大消息，必须得马上报告给王！黑之国等待多年的'后'——终于出现了！"

觥筹交错，衣香鬓影。

大人物们穿着高贵，脸上挂着相似的微笑，周旋于这个格外空旷的宴会厅中。大厅的正中间是舞池，在侧旁设有自助台式的料理区，各色料理流水般呈现在桌上，侍者侍女们端着杯盘悄无声息地穿行于人群之中。

苏青穿着一身朴素的长袍，随意拿了份甜点就坐到了隐蔽处的沙发上。

咚！

沉重恢宏的钟声响起，所有谈笑风生的人都一顿，抬头向上望去。

苏青正在咬最后一口甜甜圈，嘴角还沾着巧克力酱，她迷茫地左右看了一眼，也跟着人们的视线向上看去。

"各位来到此地的女士们、先生们，大家夜安。"一个声音从头顶传来，稳重温和，带着微微的笑意，让人乍听之下就能生出好感。

一个人站在二楼旋转扶梯外侧延伸出的高台上，这高台正位于舞池的上方，在整个大厅的中心位置。讲话者后方掩着厚厚的帷幕，他站在台上的边角，似乎特意避开了中心位置。

"今夜来自大陆四方的宾客齐聚于此，为了庆祝我们黑之国的国王一年一度的诞生纪辰。我在此代表全体黑之国的国民，为国王献上最真诚的祝福——感谢您的诞生，是您改变了历史，是您带来了胜利，愿王永远战无不胜！"

所有人都一齐鼓起掌来，掌声震耳欲聋，苏青吓了一跳，她这才发现，不知不觉中所有人都站了起来，聚集到了舞池中，仰望着高台。

她匆忙咽下最后一口汽水，估量了一下沙发到舞池的距离，心生绝望。

不要吧！这要是直接过去也太尴尬了！

她悄悄站起来，准备借着阴影的遮挡，从边角处绕过去。

"现在！"说话者语气突然激动起来，"让我们恭迎，独属于黑之国的太阳、暴风与火焰的主宰者、鲜血与战争的践踏者，伟大的胜利与荣耀之王——埃尔维克·奥古斯塔斯！"

原本昏暗的灯光骤然大亮，到处都是吸饱了光的亮石，彼此交相辉映，织成一片闪烁着金光的海洋。乐队同一时间奏起了宏大的乐章，庄严肃穆的音乐缓缓回荡在环形的大厅之中。

鲜红色的帷幕猛地拉开，一位男子手拿权杖，头戴王冠，端坐于黄金与宝石装饰的王座之上，气势庞然到可怕，只这一人便压住了全场的声势，让人不受控制地产生臣服跪拜之感。

来客们都纷纷低下头，以表示对这位荣耀之王的尊敬和畏惧。

但偷偷摸摸的苏青被灯光一闪，下意识地闭起了眼睛。接着猛然而起的音乐让她被吓了一跳，这才发现在这充沛的灯光下，她的一举一动无所遁形。

幸好所有人的注意力都在隆重出场的王身上，没人注意她。她长舒一口气，做贼心虚地没敢抬头看，一溜烟进了舞池中，这才放下心来抬头看去。

苏青从没有想过，虚无缥缈的"气势"能成为这种宛如实质的重压——那双眼睛，像是一池以鲜血熔炼的黄金，充斥着冷漠与轻蔑，还有几分嗤笑般的笑意。他像是恶魔，俯视着人间的愚昧百态。只要看上一眼，便像是被那份重压强势侵入眼球，沿着神经直抵大脑深处，将大脑深处搅得一团乱麻，完全失去思考的能力。

只剩恐惧。来自身体本能的战栗，尖叫着危险。

此刻，苏青突然明白了，那装饰着宝石的权冠，与这充满全场的光亮和庄严的音乐不再是衬托，而是一个苍白的掩饰。掩饰着一个事实，只是这个男人的出现，便将这整场声色浮华的宴会拖入了冰冷的地狱。

苏青甚至在这重压下感到了窒息，她瞳孔微缩，这种感觉之前她也曾有过！在那个月见森林的夜晚，与绝世之美相伴的，那个神秘的少年……"能力"用尽的濒死感更是把这份记忆深深刻进了她的骨髓深处。

只不过比那次惊鸿一瞥之下的惊吓，这份气势更庞大，更不容抗拒，苏青甚至错觉整个王宫的空气与阴影都倒伏下来，压在她身上，逼她俯首称臣。但是苏青咬着牙顶住了这份压力，她甚至踮起脚来，想要把那位王的容颜描摹得更加清晰。

鸦羽般纯黑色的短发，纯粹的赤金色眼睛，深邃的眉眼让他的整体轮廓显得更加深刻。如果单论面貌，他的容貌极其俊美，像是天神亲自雕琢的面庞，完美到不可思议。但是当人首先看到他的时候，却会被他的气势所慑，容貌反而成了被人下意识忽略的部分。王以手支颌，另一手随意地撑着权杖，他唇角带着几分薄凉的弧度，赤金色的眼睛冰凉，带着几分无趣的意味，俯视着大厅中的一切。

当苏青将注意力转移到王的面部时，她这才发现原来这位黑之国的王，正是她在月见森林看见的那个神秘的少年！

虽然心底有些预感，但她还是被吓到了。

黑之国的国王孤身一人，深更半夜出现在位于白之国境内的月见森林深处，还没有任何人发现，她不敢去想其中透露出的危险气息。

而且，从另一个方面来说，这位王本身也真是任性得可以。现在为止，应该只有苏青知道这个秘密。完了，她不会被灭口吧？

苏青这个念头刚升起来，就听到一个气愤到极点的声音："那个愚蠢无礼的女人，你怎敢直视王的圣颜？！"

所有人都转过头来，看向了苏青。她周围顿时空出了一大片真空区域。

苏青这才意识到，刚刚在所有人都低头的时候，只有她一人傻傻地抬头去看，甚至还生怕自己不够显眼似的踮起了脚——怪不得被骂！

不至于吧，看都不能看？苏青在心里小声吐槽，面上倒是勉强保持住冷静。她先是右手抚上心脏躬身，行了个之前从商队队长那里学来的黑之国礼节，脑子里飞速转动，努力想着措辞。

不管怎么样，先道歉再夸人总没错吧？

"抱歉，我无意冒犯，只是想瞻仰王的圣颜……"

"直视王是大不敬的重罪！王之圣躯怎可容你冒犯！"不知道为何，那个人看起来反而更生气了。苏青还以为下一秒就要出现"卫兵，把她给我拖下去！"的剧情了，没想到那个人只是滔滔不绝地斥责着苏青的无礼。

这一来一回的对话发生在须臾之间，但还是成功吸引到了王的注意。王座之上的男人缓缓将视线转向这边，眼中明显划过了几丝兴味，却没有开口。

完了！他肯定认出来了！苏青心底暗暗叫苦。

她飞速思考，这个侍者明显是黑国王的脑残粉，是不能以正常人而论的，那么，面对脑残粉就要用脑残粉的逻辑说服他！

"我只是被王高伟的身姿所震撼了！无法移开我的目光！"苏青说这话的时候牙都快被自己酸倒了，但是还要努力让自己看上去无比真诚。

但是，那个人却被这看上去扯淡无比的理由说服了，"如果是这样的话，也不是不能理解，但是你违反了黑之国的规则，必须拘禁！"

虽然是苏青自己想出来的话，但她还是被震惊到了。这个国家真的没问题吗！

"滑稽的小丑戏，就到此为止吧。"本是偏向于低沉磁性的声线，仿佛深夜中拉响的大提琴，却莫名带着几分上挑的笑意，便模糊了残忍与诱惑之间的界限。

大厅内的气压明显降低了，所有人都更深地低下了头，生怕惹祸上身。

说话者立刻像变了个人似的收敛起了所有表情，不顾这是在所有人面前，他砰的一声双膝跪地，头颅深深地埋下去，几乎贴到了地面。

"谨遵旨意。"他低声道。

苏青已经看傻了。

"女人，抬起头来。"黑国王又不紧不慢地开口了。

苏青僵住了。一朝被蛇咬，十年怕井绳啊！虽然你是国王那也不行啊，在这个国家看你不是犯法的吗！

"本王特别恩赐，容许你仰视王的荣光。"

黑国王的声音听起来竟然莫名的和缓？甚至还有一点点愉悦？难道他没想起来我是谁？

苏青抬起头来，心里还有点虚，正好撞上黑国王锐利的视线，只好尴尬地笑了笑。

"哼。"没想到黑国王嘴角勾起,竟像是一眼看破了苏青的心思,"你在害怕?"

"呃……"突然被戳破,苏青无言以对。

"得到了本王的认可,你还在畏惧什么?难道是那可笑的规则?"那赤金色的眼瞳漠然地俯视一切。

"本王,即是规则!"

一瞬间,目之所及的所有士兵、侍者侍女全都整齐划一地跪下,大声而坚定地呼喊——

"吾王永恒!"

巨大的声音像汹涌的浪潮,回响在整个宫殿当中。似乎天地都被这狂热而坚定的声音所裹挟,沉入赫赫的威光之中。有不少来的宾客也跪了下来,这一跪像是产生了连锁效应,大部分宾客像多米诺纸牌般一个接一下跪了下来。

黑国王随意地站着,坦然地接受着这宛若朝圣的浪潮,眼底甚至泄露出了一丝乏味。

"无趣。"他一掀披风转身,深红色的披风滚着毛边,在空中一展又落下。

众人都安静了下来。刚刚还声若鼎沸的宫殿,顿时寂静无声。

"这场宴会已经没有意义了,便到此结束。"黑国王抬脚欲走,停了停后又道,"还有,刚刚的女人,结束后到本王这里来。"

说完最后一句话,他直接离开了,走得干脆利落,没有一丝犹豫。原本拉开的帷幕又重重合上,掩盖了王的身影。

大厅里怎样混乱还是后话,苏青现在脑子里就一个念头——难道真的马上要近距离面见那位黑国王吗?!

宽敞的浴室，奢华的浴缸，热气弥漫的香氛。几个侍女小姐姐恭手站在浴缸旁，齐齐露出完美的微笑。

苏青后退了一步。她开始努力思考事情为什么会变成现在这个样子，带她来的侍女微笑着抵住了她的后背，然后干脆地关上了门。

砰的一声，苏青的心凉了半截。

"我先说一下……"苏青声音颤抖地举起手，"别看我这样，其实我是个意志坚定的人。谈话可以，但是卖身绝对不行！我宁死不屈！"

身后的侍女掩面轻笑，远处站着的侍女们看表情也在努力憋笑。

果然，是自作多情了吗？但是这个架势是什么情况？

"恕我失礼。"侍女重新回归严肃，"请小姐不必担心，这是觐见王上的正常流程。"

"原来洗澡是包括在正常流程里的吗？"苏青忍不住在心里吐槽，

合着人人见一面之前都得先洗澡，那这地儿再大估计也不够用吧？

"王的荣光下所有污秽都无处遁形。净身只是最基本的礼节罢了。"侍女真诚道，"难道小姐您不想以最好的状态去觐见王上吗？"

苏青："好吧，你说得对。"

仔细想想，要是带着这一身颠簸数日的风尘去见黑国王那种大人物，会感到无地自容的还是自己啊！某种意义上还真是贴心的设计，就是容易招人误会了点。

"我还以为他想泡我呢……"苏青小声嘟囔。

"嗯？小姐您有什么要求吗？"侍女没有听清。

"没事没事，我就是想说，让我自己洗行不？"苏青尴尬地笑了笑。这周围一圈侍女目光灼灼，她连衣服都不好意思脱。

侍女们从善如流地退了出去。等到苏青将自己泡到温度适宜的热水里，舒服得喟叹出一口气时，才想起一个严肃的问题——她出去后穿啥？

洗干净了还换上之前那身袍子，这洗跟没洗也没差啊。

这时浴室的门被敲了敲，苏青应声后，有侍女抱着两套衣服进来了。

"这是您之前的衣服，已经洗净烘热了；还有另一套，是现在本国贵族小姐之间最流行的礼裙。小姐您可以选择自己喜欢的一套。"侍女垂首说完便退了出去，期间一眼也没有看向苏青这边。

苏青洗完后，目光停留在这两件衣服之间。

这时你选择：

礼服　　　　　　　　　　长袍

（剧情一）　　　　　　（剧情二）

剧情一

穿上了漂亮的长裙礼服，感觉变美了。

*** 魅力值+1 ***

剧情二

为了表示威武不能屈的意志，仍然穿上了来时的那套衣服……感觉勇气得到了提升。

*** 勇气值+1 ***

在苏青一切都准备好后，为首的侍女带着她走到了一楼一个十分隐蔽的小房间。

房间中央是一个边缘呈弧形的黑色密闭椭圆物体，大概有一人半高。

"请躺进来。"侍女微笑着打开了那个"物体"，里面充盈着像是流体，又像是固体的物质。

苏青试着躺了进去，奇怪的物质柔软极了，身体就像陷进去了一般，出乎意料的是这个东西竟然是温热的，让苏青想起了刚刚泡热水澡的感觉。

"请适当调整到让您感到舒适的姿态哦。"侍女提醒道，在得到苏青肯定后一把关上了门，随即按下了发射的按钮。

苏青恍惚间听到一声气体喷射般的声音，随即柔软的物质突然凝固成了果冻似的晶体，固定住了苏青的手脚和脊背。

紧接着苏青感到一阵强烈的离心力从下至上，这个球带着她猛地向上冲去！

苏青悟了。

这就是个过山车版的电梯啊！

黑国王住在王宫的顶层，三十二层。

"前面的路需要您自己走过去了。"接引的侍女行了个礼，"婢子告退。"

苏青点了点头，但在与侍女擦身而过的时候，手中突然被塞进了一张纸条。

苏青一愣，侍女已经走远了。

她打开一看，上面是华丽而隐带锋芒的字迹——

别怕。遇到危险的话，就拿出这张纸条，喊我的名字。

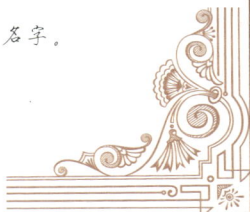

落款是莉莉丝。细微的檀香混杂着麝香一勾，在鼻尖转瞬即逝，像是一个戏谑的轻笑。

苏青定了定神，把这张纸条收进了系统背包。

不可否认，虽然莉莉丝给苏青的感觉同样是神秘中夹杂着危险，但在这时收到这样一份礼物，让苏青紧张的心情放松了不少。起码除了那时灵时不灵的【棋子】能力外，她又多了条退路。

苏青往前走了一段路，顶层的地面上皆铺着深红色的长毛地毯，脚步落到上面发不出一丝声响。寂静而宽大的空间中，只有苏青一人有些忐忑的呼吸声。

她走进去后，真情实意地感到了黑国王到底有多富有。现在也不知道该不该把这个地方叫"房间"，如果让她来说，她可能会觉得这个地方是个小庄园。而且是个完全没有客房，估计光一个厕所就占四五个房间那么大的小庄园！

有钱人的快乐真的能超出穷人的想象空间。

终于走到了真正的主卧门口，没错，真正的主卧也是在这个"房间"的最中心。

在她走向那扇门的时候，门自己开启了。

这个房间，上面是透明的穹顶，大片的夜空一览无余。躺在床上，便像是浸入了星海。

黑国王只穿着一身单薄的黑色丝质睡袍，神色慵懒地半靠在巨大的床上。他松松地系着腰带，袒露出大胸膛。但只这么一身随意的装束，却压过了周围的一切辉煌之境。让人产生了一种"只有这样的地方才配得上他"的感觉。

苏青右手抚胸躬身，犹豫了下——"拜见陛下。"

她毕竟不是黑之国居民，直接叫王好像不太好？

"唔？过来坐。"黑国王半睁开眼睛，拍了拍腿侧的床。

苏青小心地走过去，蹭了个离黑国王最远的边角坐下。

"坐那么远干吗，本王又不会吃了你。"黑国王的声音中似乎隐隐带着股笑意。

苏青仔细观察着黑国王的表情，发现他私下里比起在大殿的时候似乎确实温和了些许，除了那半眯起的金眸还是让人难以直视外。当他收敛起了那一身慑人的气势后，苏青发现黑国王其实是个身量纤细，介于青年和少年之间的男人——看起来像是一只懒洋洋的大猫。

苏青赶紧把脑子里大逆不道的想法甩出去，小心地向黑国王那边移动了，一根手指的距离。开玩笑，那可是黑国王！要是突然翻脸来个"大胆僭越！"，她的小命可就交代在这了！苏青赶紧转移话题："陛下，我这里有一封很重要的信想要给您。"

主线任务的完成近在咫尺，苏青的心提到了嗓子眼。

"呈上来吧。"

黑国王似乎有些困倦，讲话声音较之往常显得更柔和，也出奇地好说话。

机不可失时不再来，苏青赶紧掏出了系统的任务道具递过去。

黑国王没用拆信刀，直接利落地一把撕开了信封。

他抬起眼皮，扫了一眼信，轻笑出声。

苏青从没有觉得哪一次系统的提示音像这次一样悦耳。像是一直悬在头顶的达摩克利斯之剑骤然消失，她全身都轻松了不少。

但是下一秒，黑国王的话像是冷水般兜头泼下，瞬间让苏青清醒了过来。

"你可知道，这封信是来自白之国的？"黑国王饶有趣味地看向苏青，"按照现在两国的关系，你敢孤身一人深入王宫，真是连本王都必须承认的勇气啊。"

"还是说……你有一些不为人知的底牌呢？"黑国王借着苏青递信时靠近的动作，一把攥住了她的手腕。他眼睛微眯，带着笑意的声音笃定道，"你是——【玩家】吧？"

"你怎么知道？！"苏青差点吓得心脏停跳。

持有【系统】与【棋子】的力量，来自另一个世界的旅者——这是她最深，也是最大的秘密。被墨千秋看穿，那是因为大家都是玩家，这个看起来应该是原住民的国王怎么也知道！

"果然如此，那么，那天看到的，就是你【棋子】的力量吗？"

黑国王手指暧昧地在苏青的腕部上滑动，他向前倾身，更拉近了与苏青之间的距离。他侧了侧头，赤金色的眸子纯粹无比，宛若最完美的宝石。他眼含笑意，抬起手来，轻轻抚上了苏青的脸侧。

明明是暧昧无比的动作，但苏青只感觉到脊背一片冰凉。像是被大型猛兽叼住了后颈的猎物，性命被他人拿捏在掌心。

"不要害怕……"他轻声呢喃，像是情人间的絮语。手掌沿着苏青的脸侧一路下滑，停留在了她脆弱的颈侧。

苏青喉咙滚动了一下。

"不是问我怎么知道的吗，告诉你会高兴一点吧？"虽然这么说着，但他眼中比起无奈，倒像是恶劣的趣味更多。他手指一挑，将苏青颈上悬着的棋子挑了出来。

黑国王愉悦地低笑着，手指点了点苏青因为被迫仰起，正颤抖着的咽喉。

"大胆一点。你尽可以向本王要求这世间的一切——我亲爱的【后】。"

苏青抖了抖，疑惑、恐惧和羞窘混杂在一切。她终于忍不住，脱口而出："你难道什么都知道吗？玩家、棋子、系统……"

"本王是将要君临整个世界的王。普天之下，臣民之眼即为本王之眼，臣民之耳即为本王之耳，更何况，效忠之人自会为他们所侍奉之王奉上一切。只是区区信息罢了，本王在所谓'系统'之物刚刚进入这片大陆之时便已知晓。"黑国王用一种理所当然的语气说道，"缺少王的引导，人民又如何前进？不说本就是黑色方的玩家，即使是持有'白色'棋子的玩家，亦有迷途知返，效忠于我的。"

说到这里，黑国王还嗤笑了一声："不过你们玩家，自作聪明的人太多。这些人连作为棋子都不顺手，又碍事，便只好通通杀了。"

苏青感觉自己抖得更厉害了。不过，原来这个棋子还分颜色的吗？！她一直以为所有人的棋子都是透明的。苏青心想，为什么我一个正经玩家还没一个异世界的土著知道得多啊！

不过，既然这个人是黑国王，那这样好像才是正常的……

不对啊，不要被他洗脑了！

苏青忍不住反驳道，"那既然这样，我也不是你的后啊。我的棋子是透明的，根本没有阵营颜色吧？"

"哦？"

苏青立刻闭嘴了，恨不得把自己缩成球。

"所谓阵营，只是滑稽之说罢了。"黑国王傲然道，"本王是这天地间唯一的王，那么，你当然是本王的后。"

明明白之国还有那么大一个白王戳在那里呢，苏青在心里小声吐槽。

没想到黑王又像是一眼看穿了她的想法，"你不会在想白之国的国王吧？"

苏青拼命摇头。

黑国王从鼻间发出一声冷笑："那个人啊，根本不配称为王。"

苏青特别想问为什么，但又怕自己问了就不能完整地走出这个房间了。于是她睁大眼睛充满求知欲地看着黑国王，希望黑国王能再发挥一次他的读心神技。

"真是惹人怜爱的眼神……"黑国王靠得越发近了，几乎与苏青呼吸可闻。

苏青下意识闭上了眼。

但是眼前却倏然一亮，苏青睁开眼一看，发现是黑国王又向后靠回了床上，手掌按在眼皮上肆意大笑。再抬起手时，睁开的赫然是一双充满野性的兽瞳。

"哈哈哈，怎么，在期待本王的吻吗？"

苏青的脸爆红，她憋了半天，又实在放不出什么狠话，只能默默把这口气吞回了肚子里。

"罢了。"黑国王又突然停住了笑声。他随意打了个响指，旁边有一块墙壁立刻凹陷了下去，里面伸出了一个机械制的手臂，恭恭敬敬地端着一个托盘停在了黑国王的面前。同时还有另一只机械手恭恭敬敬地倒上半杯酒，递到他的指间。

托盘上面是一个信封。

与白之国的信封不同，这个信封像是生怕别人不知道它来自何处，不仅通体纯黑，底色上还印着大大的黑之国王室专属的暗纹，上面的印泥似乎还是黑之国特有的矿物。

黑国王将这封信放在了苏青的面前。

苏青：这是什么？

"那么，就作为我的信使，将这封信送到白国王手上吧。"黑国王唇边勾起一抹嘲讽的笑意，"让你亲眼看看，那位白王，是多么可怜可笑的愚蠢之人。"

> 叮！
>
> 主线任务更新——
>
> 主线任务——送一封信给白之国的国王殿下。（将于下次返回棋盘世界时正式开启）

刚想拒绝的苏青："……"

"尽情去欣赏外面的景色吧，然后你就会明白了。"黑国王像是看破了未来般，无比笃定道，"最终你只会回到我的身边，只有王的身侧，有这世上最顶端的美景。"

在苏青临走之前，黑国王叫住了她。

"报上你真正的姓名来，异世界的少女。"黑国王的身形隐没在黑暗中，唯有赤金色的眼眸微抬，显得格外耀眼，"本王赐予你这份殊荣——将这个姓名印入王的耳中的权利。从此，这个姓名，这个音节，将拥有独一无二的特殊意义。"

这时你选择：

说出自己的姓名

（继续阅读063页）

沉默不语

（跳至065页）

"我的名字是——苏青。"苏青抬起头，一字一顿道。

"好！"黑国王大笑道，"作为本王的后，就该如此！作为人，可以傲慢，但绝不可怯弱！只有被反复踩进泥里又苟延残喘的弱者与蝼蚁，才会低三下四 、唯唯诺诺……强者即便被踏断了脊梁，心中也只会充斥着复仇与愤怒的烈火。"

您别想了，要是有人踏我的脊梁我肯定跑得比谁都快。

苏青在心里默默吐槽。

"我承认你了，我的【后】。"黑国王挂着一丝笑意，融金的眼瞳格外明亮。

"啊，应该是苏、青。"黑国王念得很慢，像是在认真记住这个名字。简简单单的两个字，用他低沉沁凉的嗓音念出来，从他的唇舌中一滚，似乎也沾上了醉人的酒气，显得格外缱绻暧昧。

苏青耳朵一热。

黑国王半倚在床边，又是一个响指，立刻有机械手同样倒上半杯酒递到苏青旁边。

"敬你。也敬你的姓名。"黑国王扬起手中的酒杯，鲜红的酒液在透明的杯壁中轻晃，衬得他的手指格外白皙。

苏青试探着接过了酒杯。

他漫不经心地啜饮了一口，挑眉笑道："尽管因此而骄傲吧，从此，这两个字在本王这里，都与你有关。一个原本没有任何意义的排列组合，以后便有了意义。"

"因为你。"

黑国王向苏青再次举杯，神情傲慢、俊美无俦，嘴唇沾着鲜红的酒，像是刚饮完鲜血的恶魔。

苏青呆呆地看着，突然拿起旁边递过来的酒杯，仰起头一饮而尽。

"咳、咳……"

入口后和想象中的完全不同，苏青一惊，呛咳出声："这、这是……果汁？"

明明颜色看上去跟黑国王手中的酒一模一样！

黑国王哈哈大笑，戏谑道："你该不会真认为本王会给你酒吧，嗯？"

苏青被取笑得脸通红，愤而化羞窘为食欲，将酒杯往旁边的托盘一砸："再来一杯！要加冰！"

事实证明，赌气是有后果的。

结束会面的当天晚上，苏青一晚上跑了3趟卫生间。

***　黑国王好感+1　***

（阅读067页）

苏青犹豫半晌，没有说话。

她在这个世界，只是【玩家】罢了。她真正生活的那个地方，远在世界的彼端。

此时说出口的"姓名"，真的有意义吗？

"你在迟疑什么？身为顶天立地的人，怎能作此畏缩之态？想要拒绝的话，就大声说出来！"

"不是……我……"

苏青想说什么，却说不出来。

自从来到异世界开始，她就在一直受挫。她小心翼翼地接受着外来的苦难，却只能做出一些微末的挣扎。这些挣扎，和她的名字一样，又有什么意义呢？

像是黑国王这种人，你又怎么会明白？连堂堂正正地报出名字这件小事，第一反应都是犹豫迟疑的，怯懦如我，这种小人物的感受？

如果是黑国王的话，估计在刚刚开始就会把系统炸了吧？或者直接统一整个异世界？

苏青努力想让自己开心起来，但一直积攒的情绪却做不到。

明明之前被恐吓、被威胁的时候都还能好好的，但只是被问了姓名而已，只是这一件小事，却像是骤然间引爆了她的泪腺。

可能因为，黑国王是她从到这个异世界开始，第一次如此正式地询问她姓名的人吧。明明是个王啊。在同为尘世中挣扎的蝼蚁都不在

意你的姓名时，高高在上的神明却正视了你的存在。苏青突然有点明白，为何黑国王能成为"王"了。

　　苏青抹了抹眼泪，张开口："我的名字是——"

在这个有点荒唐的夜晚过去后，苏青筋疲力尽地在黑国王的宫殿里睡了一觉。

当然，睡的不是主殿。

但是……

"王终于纳妃了？！"

苏青面无表情地快步向门口走去。

没错，她也是后来才知道，原来她昨晚住的是侧殿——给妃子住的。空窗已久，自从这宫殿建成以来，她是头一个入住的。

虽然知道这个流言有头有尾，也怪不得别人……但她实在是受不了这些眼神和背后的议论了！苏青深呼一口气，她要离开，就现在！反正主线任务也完成了，留在黑王宫根本没有意义。正在苏青这么想着的时候，眼前突然落下一片阴影。剪裁利落的黑色服装，饰以黄金与赤红的宝石。苏青僵硬地抬起头。

黑国王似笑非笑地俯视着她，半张脸庞湮没在阴影中，只有赤金色的眼眸锋利得耀眼。

苏青咽了口口水："啊哈哈，那个，王，早上好？"

奇怪，她明明没做错事，为什么会心虚？

黑国王挑了挑眉，嗤笑般一句戳穿："想逃跑，嗯？"

"逃、逃什么跑……我又不真是你的妃子……"

在黑国王的注视下，苏青的声音从一开始的理直气壮变得越来越低，"虽然我现在为你做事，但你也无权把我关起来吧。"

"看来你还是没明白。"他捏住苏青的脸，强制性地迫使她直视自己的双眼。

"本王是王。这世界上的一切本就归我所有，正如太阳悬于高空般理所当然。"他缓缓逼近，手上用力，不让她有任何的机会退缩。

"而你……"那双煌煌燃烧着的眼睛自上而下，满是傲慢与轻蔑。

他低沉的嗓音含着几分嘲讽似的笑意，"当然，也是本王的东西。"

看到苏青敢怒不敢言的眼神后他一声轻笑，这才慢条斯理地放开了手。苏青下颌两侧的皮肤上顿时浮现出两道红印。

"退下吧。"黑国王抬起下颌，"能得到本王的承认可是无上的恩赐，用你的身体和灵魂都给本王好好铭刻在心。"

苏青揉了揉脸。

"怎么？你有异议？"黑国王眯起眼。

苏青在心里拼命告诫自己，这可是一国之王，而且还要靠他完成下一个主线任务。

"没有。"她忍了！

似乎被苏青这副模样取悦到了，黑国王十分轻松地放过了苏青，让她离开了王宫。

但在作为黑之国的信使前往白之国前，苏青还需要在黑之国待一段时间，做一些准备。

有一个很重要的问题，苏青现在还是一穷二白的状态。

禀告给黑国王之后，黑国王倒是很大度，大手一挥给了苏青一大笔钱，让苏青尽情准备，不用担心余额和时间。

这笔钱砸得真是久"旱逢甘霖"，苏青差点想抱着财政官的大腿痛哭出声。

在打点好一切后，苏青选择了返回原世界，准备整理见闻、养精蓄锐，以万全的状态迎接下一次的任务。

回到现实世界可选择玩副本跑团游戏，获取分值奖励

*** 白之歌 ***

第7章

白之歌·起始

　　虽然在路上受了点阻碍，但是一进入白之国王都所属的领地后，苏青一行人顿时畅通无阻。

　　白之国的居民们更喜爱偏向于淡而暖的颜色，王都附近的居民似乎更是如此，再加上越靠近王都便越是温暖的气温，苏青一进入白国王的领地，便感觉扑面而来一股暖意，如沐春风。

　　苏青感慨，一眼看去，白之国与黑之国王城领域内最大的区别，便是笑容。

　　入眼所及，这里的所有人几乎都在笑着。只要看上一眼，便能感觉到纯粹的幸福与快乐。

　　进入白之国的王城需要使用特定的传送阵。

　　在之前的旅程中，苏青也使用过传送阵，虽然是无可否认的快，但说实话，传送的感觉很不好受。

一般过程会持续三到五秒，通常伴有恶心、晕眩以及肢体错位的幻痛感。

　　但是这个传送阵不一样。

　　那是一种极其玄妙的感觉，硬要说的话，像是一脚踏进了虚空之中，灵魂好像都被剥离了出来，漫无目的地在宇宙中游荡。在一切的形体之上，有什么东西冥冥中呼唤着她，似乎过了很久，又似乎只是一瞬，苏青的脚踩到了实地，她睁开了眼。

　　出现在眼前的，是一座飘浮于天空之上的、纯白的城市。

　　白色的建筑群下是雪白的砖石，地基之下是松散的白云，蔚蓝的天空是整个城市的背景，太阳格外近，悬挂在最高大的城堡上的天空中，威严而温和地散发着热量与光芒，让人几乎能从心底升起坚定的希望感。

　　"这也太夸张了。"苏青喃喃道。

　　这就是白之国的王城，外界传说中的神迹的圣都，凝聚着神明的宠爱、魔法的顶峰以及王的辉光于一体的纯白之城。

　　即使还没有亲眼见到那位白王，苏青却已经有些肃然起敬。

　　不管怎样，能统一全国，亲手建立起这样的都城的王，决然不是什么平庸之辈。

　　"让你亲眼看看，那位白王，是多么可怜可笑的愚蠢之人……"但黑国王嘲讽般的声音犹在耳畔，苏青心中仍有一丝疑虑。

　　从苏青站立的地方遥遥看去，王宫的位置十分清楚——最高的一座城堡就是。

　　现在你可以马上赶过去，也可以慢悠悠地逛逛，那么要不要多看看白之国王都的风景呢？

这时你选择：

当然要看！

（继续阅读072页）

没必要，不看！

（跳至074页）

剧情一

白之国的王城与黑之国相比，简直是天差地别。

首先就是对比鲜明的建筑颜色及风格。黑之国偏向于整齐、简洁的建筑风格，主流配色几乎都是偏重的冷硬色调。而白之国则更喜欢柔和、随性的建筑风格，主流配色也是以白色为主，各种淡暖色为辅，一眼望过去就是白色的一片。

第二就是人。苏青走在街道上，明显能感觉到白之国王城的人很少。相比黑之国王城繁华的街道与热闹的集市，白之国的街道上基本只能看到三三两两的行人，彼此之间也是小声交谈，有种格外宁静的和平感。

还有就像之前一样，居民脸上的表情和气氛完全不同，这点在王城中更加明显。偶然擦肩而过的人们脸上都挂着微笑，周身的气氛轻快极了，即使是对苏青这个完全陌生的人，也会笑着打招呼。

在转弯的时候，什么东西飞了过来，苏青一把抓住。

竟然是一只不足手掌大的折纸飞鸟，被她捏在手心中仍在不停挣扎。

你得到了〔来历不明的纸鸟x1〕

物品说明：栩栩如生的纸作飞鸟，蕴含着奇异的力量，某人曾怀抱着美好的期望放飞了它。

支线任务——收集包含特殊力量的物品吧！完成（2\4）

属性奖励：棋子力+1

"没想到还有这种意外之喜。"苏青看了看天色，将纸鸟收入了系统空间，直接向白王宫走去。

*** 继续阅读074页 ***

苏青直接来了王宫，但似乎因为太早了，接待室没什么人。

白之国的阳光温暖和煦，苏青斜靠在沙发上，不禁有些昏昏欲睡。

但是在这里睡觉未免也太失礼了，为了抵抗这份睡意，苏青从书架上随意找了本书阅读。

*** 智慧+1 ***

虽然尽力去看了，但因为书中全都是些赞颂月神的赞美诗，苏青实在是撑不住上下打架的眼皮了。

但她的眼皮彻底阖上前，一只手接住了险险落地的书。

"小姐，你还好吗？"

苏青被吓得一激灵，困意顿消。

她睁开眼。

完美。

看到白国王的那一刻，苏青脑子里只能蹦出这个词。

白国王一头银白色的半长发落至肩头，室内的光线不亮，但他的发丝却仍像是根根闪耀着光泽。

他的眼瞳是偏淡的银灰色，纯澈又透露出一丝深邃的神秘。他的面容俊朗而优雅，每一处都仿佛是参照着人类所能达到的最完美的尺寸精心组合而成。他微微侧头，白发逶迤散落，右眼下的泪痣平白生出一种惊心动魄的美。

王的皮肤是健康的象牙白色，唇色却很淡，像是一层蹭上去的薄红，为他添上了一份略带病气的疏离感。

他整个人就像是高山之巅的雪，或者是天使翅上的羽毛，是高贵到只能仰望的那抹纯白。

但是当他看过来时，那双银灰色的眼眸又分明充满着温柔的色彩，将那冷冽的美貌瞬间柔化成了拂面的春风，那淡色的唇自然地微笑着，轻易便能让人交托出全部的信赖。

将矜贵与温柔，令人尊敬和引人亲近等种种矛盾的特质奇迹般地融合于一身，正是这位白色的国王。

这位王缓步走进房间，斗篷上似乎还沾染着白之国温暖的阳光。

"恭迎陛下。"

侍女毫不迟疑地跪下。

"起来吧。"

白国王似乎轻轻叹了口气，将视线转向了苏青。

"怠慢了贵客是我的不是。"白国王向苏青微一颔首，"希望您没有对白之国产生不好的印象。"

"咦？她不是新进王城的平民少女吗？"跟在国王后面偷溜进来的侍卫脱口而出。

"那个，其实我是信使。"苏青顿了顿，补充道，"代表黑之国来的那个。"

说实在的，苏青心里还有点诚惶诚恐，国王哎！一国之主！不仅对她道歉，还用"您"这种尊称。不会下一顿饭就是她的断头饭吧？

"那就好。"白国王笑了，色若冰山融雪，一瞬间百花绽放，"我的名字是弥赛亚，白之国的王。你的名字呢？"

"我、我叫苏青。"苏青总算是压制住了一见美色就犯浑的脑子，流畅地说出了自己的姓名。

"苏青？很美的名字。希望你喜欢白之国。"

白国王说完还像初见面那样微一颔首，接着便飘然离去。

等到那抹雪似的白斗篷一角彻底消失在房间外后，苏青终于深吐了一口气，一屁股重新坐回了原本的椅子上。

面对白国王和面对黑国王的紧张感是不同的。站在黑国王面前时，压力更多来源于外界，是黑国王对与他对话者的一次气势上的碾压，与绝对的征服；但站在白国王面前时，压力却更多地来自自己的内心，正因为面前的人完美到不似真人而产生的自卑、崇敬等情感复杂地交织在一起。

而且不是那种疏离精致的完美，硬要说的话，应该是——

"光耀感，对吧？"有人突然出声，"我们的王啊，简直是全身上下都在闪着光呢。"

苏青吓了一跳，"你是谁？"

眼前的青年一头火红的短发，搭着窗户，闻言瞪大了眼睛，指了指自己："我们在之前的舞会上还见过一面呢！也不必这么快忘记吧！"

舞会？

苏青回想了半天，这才搞明白舞会说的是在黑之国参加的那一场，她如今只能勉强想起来甜品桌上的小蛋糕很好吃。等等，这不是在白之国吗！你们两个国家的人到底怎么回事啊！不是据说两国关系很紧张，怎么还能频繁串门？！

青年给了她一张名片，落款是……墨千秋？

"这是墨先生托我交给您的。"那人毕恭毕敬地说，"他说，如果遇到了什么麻烦，只要呼唤他的名字，他就会立马出现在您身边。"

苏青都快把墨千秋这个人给忘了，这么一提才猛地想起来，但是这个时候送来这个……

苏青将莫名生出的担忧放在心里，礼貌地收下了名片，扔进了系统背包。

*** 获得道具〔墨千秋的名片〕 ***

原本在黑之国住宿的时候还没感觉到，苏青现在发现自己确实是被 21 世纪娇惯的少女了。

这直接造成了今天她一起来就无所事事地望着窗外发呆，然后直接被突然出现的人吓到了。

"好吧，我叫菲比，原来是你的接引人来着。"爽朗的红发青年不好意思地摸了摸头，"结果临时家族吩咐我做了点事，过去的时候你已经不在了。"

"现在惩罚期刚刚结束，我特意问了王你的住处想来道谢。要是没有你那一句话，我可能要比现在惨好几十倍呢。"菲比眨了眨眼睛，"而且还有件正事。"

他拿出了一个像卷轴一样的东西，清了清嗓子。

"苏青小姐，白之国王宫诚聘您为宫廷侍王助理女官。如获应允，请即刻前往王宫。接引人，菲比·伦纳德。"

菲比面色严肃地念完，然后又露出了灿烂的笑容："如何？你要不要现在就跟我一起进宫？"

这时你选择：

拒绝

（继续阅读078页）

答应

（跳至079页）

"我十分感动。"苏青面无表情,"但我拒绝。"

我来这里只是为了送信而已啊!完成任务就好,住在这里有吃有喝,为什么要打工?

菲比不可置信:"你竟然拒绝了!这可是侍王女官!"

苏青:嗯?

菲比再次强调:"可以直接跟在王身边的!和王一起处理工作!近距离接近王!非常近!"

谢邀,不追星,我路人。

"叮!"

一听这声音,苏青心里一凉。

主线任务读取中……受到外来因素影响……重新计算中……

> 叮!计算完成。
>
> 主线任务:送一封信给白之国的国王殿下
>
> 任务进度百分之五十。
>
> 收到来自白方势力的临时邀请,主线任务可推进百分之十!

苏青真想把没事装死、有事诈尸的系统拖出来一顿毒打。

但是怎么办呢,还不是只能把它原谅。做任务还是得做的。

"行吧。我同意。"苏青无奈道。

"我就知道。"菲比心满意足,"没人能拒绝王!"

苏青内心：你高兴就好。

*** 跳转至081页 ***

剧情二

"可以。"苏青点头，爽快答应。

菲比却沉默了一下，面上仍是那副笑吟吟的样子，眼中却划过一丝试探。

"怎么了，信使小姐是对我们的王一见钟情了吗？"

你要怎么回答他？

这时你的回答：

当然了，
谁会不喜欢王呢？
（继续阅读080页）

当然没有，
你怎么会这么想？

妈妈告诉我们要开笑不乱玩

菲比一听这话脸色就微微一变。

"那我可要恭祝你和王好事将近了。"菲比意味不明地笑了笑,"好了,我们快走吧。"

苏青点了点头,但就在她转身的那一刻,菲比反手拔出了佩剑,一剑刺穿了苏青的心脏!

"为、为什么?"苏青惊愕扭头。

"我们的王啊,是绝对理性、绝对英明的纯粹之王。他只需要一个战力强劲的棋子,而不是一个可能会动摇他感情的隐形炸弹。"菲比的眼神带着一丝怜悯,"之前我就是因此才迟到,这是家族的命令,抱歉。"

菲比拔出剑,苏青跌倒。

她望着天空,血流如注……

平心而论，苏青目前对白国王根本谈不上喜欢，他给苏青的感觉就像个毫无感情的 AI，或者说他的感情是设定好的程序，深情与爱意背后是精确的算计，苏青当然不会心动。再加上虽然白之国处处充满魔法，生活一派祥和，但是这和苏青有什么关系呢？那些魔法和钱又不是她的。所以苏青从表情到内心都十分淡然平静。

但看在外人眼里，苏青便是视富贵如无物、云淡风轻的大气作风，不愧是能代表黑之国来访的信使，即使看上去年轻，也不能轻易以貌取人。那些本来从苏青进门后就暗暗观察着的贵族们有不少都收回了视线。

菲比把这一切尽收眼底，低声赞叹道："不愧是你啊，信使小姐。"

苏青：什么啊！

说话间，地方已经到了，菲比敲了敲门，恭敬道，"王。"

里面传来了白国王的声音："进来吧。"

有侍女从里拉开了房门，苏青走了进去，白国王坐在一张桌子后，手边堆着厚厚一摞白纸，看样子是在处理公务。

白国王戴着单片眼镜，纤细的圆形金框搭在鼻梁上，一根金链从眼下延伸至银白色的发间。这片眼镜正巧戴在左眼上，那颗泪痣显得格外显眼。

"你来了。"他微笑着抬头，口吻轻快仿若故友，"稍等一下，我将这份看完。"

苏青指了指自己，回头看了一眼菲比，菲比向她点了点头表示白国王真的是在跟她说话。

"如果站得累了的话，可以坐到我身边来。"

白国王凝视着苏青，在那银灰色的眼瞳中满是专注，很容易让人产生他眼中唯有一人的错觉。

苏青莫名地有些心里发毛。

"毕竟——"他微微偏头，清澈的眼睛中浮起了点点细碎的银光，瞳色也从深沉的银灰色转为耀眼的亮银色，像是漫天的星屑倾泻而下，将整个宇宙藏进他的眼中。连瞳孔也被这星点淹没，像是一块毫无瑕疵的宝石，显现出一种纯净而异质的美。

苏青下意识地屏住呼吸，莫名联想到了在曾经的那个夜晚，商队队长坐在篝火旁施展魔法，浮在空中的那细小的光点。但回忆中很美的场景，比起这一双眼睛，却像是拿微末的星光对比整片夜空。

当美达到一种程度时，世界都会变得寂静下来。

此时时间仿佛停滞在了此处，唯有这份不自知的美无限膨胀，白国王微微启唇，那温润的声音仿若神谕，带着宿命般的意味。

"你是白之国命定的后。"

第8章
白之歌·转折

苏青又做梦了。

自从在白之国的王宫住下后，梦便像是某种阴暗的藤蔓，每每在深夜时分，从极深的夜中探出黏腻的触手，悄然缠绕上她不堪其扰的睡眠。

孩子……我的孩子……

幽幽的声音不知从何处而来，萦绕不去。

妈妈想要救你……你明白吗？

妈妈是个愚蠢的女人啊。我自己也知道。但是唯独你，我的孩子，我希望你能逃离这里……

苏青行走在一片黑暗中，这声音仿若从四面八方而来，避无可避。

苏青知道自己在做梦。她已经做类似的梦好几天了，之前什么内容都没有，只有一个女人哀哀的叫声，呼唤着那个不知名的孩子。

她白天也曾打听过一些，宫廷魔法师告诉她可能是她血脉里魔法的力量太强，而圣都王城是全世界魔力最浓郁的地方，于是她与这里的魔力产生了无意识的呼应，在睡梦中看到了这座宫殿中生活过的人过去的回忆。

苏青接受良好：怪不得每天早上醒来棋子都热得像个暖手宝。

"阿姨，能不能歇歇？"苏青面无表情地在梦境的黑暗中蹲了下来，向周围说，"虽然你很可怜，我也感觉到了。但我本来白天就已经够累了，结果晚上还睡不好……如果我可以的话，估计早就毁灭世界了。"

那声音还是在一声叠一声地呼唤着，没有丝毫反应。

苏青叹了口气。她也知道，这本来就是过去的回影，像是一台不会断带的录像带，只能机械地将过往投向名为现在的幕布上。

这个女人真的很可怜，起码在过去的某一段时间，这个女人真切地存在于这个王宫，像是一只受伤的母兽，哀哀地呼唤着她的孩子。

但苏青也是真的很累。

在这梦境中，不知为何，苏青突然想起了白国王那双魔力充盈到溢出且带着不可言说的宿命感的眼睛。

当那份惊人的美带来的震撼退去后，苏青却感觉到一丝怪异。

可能是她的错觉，但那双眼中的神情，不像是人类所拥有的。原先分明充斥在眼中的似水潭般的温柔，被魔力洗刷后，全部转变成了纯粹的无机质感。

那副样子，不像是人类，反而像是魔法本身的具象化，或者——神。

这个词突然在苏青脑子里蹦出来，让她即使身处在这梦境中也心里一跳。

我的孩子……我可怜的孩子……

幽缠的声音还在锲而不舍地说着。

比起呼唤，更像是痛苦的呻吟。

我可怜的孩子……连爱都没有明白……连恨也没有明白……从出生起便被夺走了一切……

苏青生出了些不祥的预感。

我的孩子——

那女声叹息般地哭泣着。

——弥赛亚。

"我的名字是弥赛亚，白之国的王。你的名字呢？"

这个名字惊雷般地在苏青的脑中炸响。

苏青猛地睁开眼睛。

入眼是干净整洁的房间。

她醒了。

苏青仰面躺在床上，心脏兀自狂跳不止。

她是不是知道了什么不得了的宫廷秘密？

窗户紧闭着，房间里有些闷。

苏青明面上的身份是受雇来的宫廷侍王助理女官，直属于王，工作清闲，但身份很高，日常生活中也是有侍女服侍的，现在门外就站着两个。如果苏青想的话，直接喊人来开窗就可以，但苏青知道这两个侍女估计又是不知道哪边的贵族塞过来的人。

苏青叹了口气。

她下床，赤脚踩在地上，推开了窗户。

音乐声飘了进来。

这乐声响彻在王城中，在天地之间回荡，有点像是管风琴，肃穆低沉，好听是好听，却莫名透着一股悲伤。

"这是什么音乐？"苏青喃喃自语。

"是葬乐。"身后突然有人答道。

苏青吓了一跳，转身发现原来是白国王正站在身后，和她一样凝望着窗外。

"有人死了？"苏青问。

"是的。"白国王平静地答道，"我的母亲。"

苏青悚然一惊。

"呃……"苏青小心翼翼，"节、节哀……"

可是明明说着这样悲伤的话，白国王的脸上却没有丝毫悲伤的神情。

他还是那位完美的王。温和而充满着令人信任的包容感，没有一丝瑕疵。

"我没有伤心。"白国王说，"她是叛国者，这已经是她最好的结局。我为什么要伤心？"

苏青闲时找过曾同样是侍王女官的康妮聊过天，她提起过王的生母，曾在王的幼时试图带着她的孩子们逃离白之国，但不幸被发现了。当时王还没有成为王，只是骑士家族的次子，但主母的这种行为仍然触犯了家族的底线，于是被判终身囚禁。在王登基后，这个女人也从家族监牢移到了王宫中。

苏青当时还有些唏嘘。

但是，白国王原来是这么看他的母亲的吗？只是叛国者吗？

他神情如水般平静，眼睫低垂，银灰色的眸子看向苏青时甚至还带着一丝疑惑。

苏青站在原地，哑口无言。

这时她真切地感受到了，面前这个看似完美的男人，他缺少了一些东西。

他可能是全天下最完美的王，但却一定不是一个完整的"人"。

"国王会议要开始了。"白国王向苏青微一颔首，"我来带你去吧。"

苏青张了张嘴，最后还是闭上了。

"好。"她说。

苏青沉默地跟着白国王穿过漫长的走廊。

白之国的走廊采取圆拱形设计，旁边有着巨大的彩绘窗户，由深浅不一的白色拼合出光怪陆离的图案，白之国充足的阳光穿过，让整个空间都浸泡在一种梦幻般的光感中。

白国王白色的长发在这光线下熠熠生辉，他挂着那常常带着的微微的笑容，眼神温柔得像是一个美好到虚假的梦境。

他在出门时便察觉到了苏青的步伐偏小，于是特意放缓了节奏，和苏青并肩而行。

一贯的温柔体贴。如果是别人的话，可能这时候已经感到受宠若惊了吧？苏青想，假如她是这个世界、这个时代的人，也会心甘情愿地向这样的君主献上忠诚的。

白国王比她高不少，苏青微微抬头，看向他的侧脸。

在这光线下，那神所宠爱的容貌，甚至生出一股令人不敢直视的圣洁感来。

白国王注意到了苏青的注视，微一侧头，与苏青对视。

"怎么了？"

"为什么对我这么特殊？"苏青忍不住了，"亲自来接我也就算了，那两个侍女也是你弄走的吧？平时你身为王，会注意到这种细微的小事吗？"

出门的时候苏青就发现了，原先像是站岗一样站在她门前，每事必问的侍女不见了。

"因为你是'后'啊。"白国王语气温和，"你是我命定的'后'，当然应该享受属于后的一切。你只要被保护在最安全的地方，幸福快乐地一直生活下去就好了。"

"请相信我，"白国王停下，执起苏青的手，双眼中满是真诚，"我会保护你的，以我的生命起誓。"

阳光充盈，四下无人，俊美的国王殿下轻轻牵起少女的手，珍重地许下诺言，浪漫得像是童话故事中的场景。

大概每个女孩都曾有过这样美好的幻想吧。如果换成以前，苏青大概也会对着白国王那双满载着温柔的银灰色眼睛脸红心跳。

但是现在，她凝视着白国王的眼睛，却只感到一阵深刻的悲哀。

"你想保护的是我吗？"苏青问，"还是说，想保护的是身为'后'的棋子呢？"

"这两者有什么不一样吗？"白国王迟疑道，"现在整片棋盘大陆上，唯有你一枚'后'。所以这两者都是你，只是你不同的身份罢了。"

"重点不在于这，你懂吗？"苏青尝试让他理解，"重点是'你想'。你是出自自己的愿望，想要保护在你面前的我吗？"

"'我'的愿望？"白国王怔住了。

"我就知道。"苏青叹了口气，"你只是作为白王，觉得自己有责任保护可能转变为白后的棋子罢了。你考虑的，只是整个国家阵营对不对？"

"这本就是王的义务。"白国王认真答道，"万事万物都要从王国出发，一切都要以白之国的利益为最高标准。从所有路中选出最适合王国的那一条，让所有人民都生活得快乐幸福，将国家建成永恒的乐土——这正是身为王要做的事。"

"那你自己呢？你好歹也是个王吧？"

苏青有些不能理解，之前憋在心里的话也脱口而出："连母亲的葬礼都不参加，准时准点地去开那个什么鬼国王会议。是，我不是白之国的人，确实不知道她犯了什么罪，但是，那是你的母亲吧？身为王，整个国家的主人，连这一点任性的自由都没有吗？"

"王不是国家的主人。"白国王说。

他第一次在苏青面前收敛了笑容，露出了严肃而庄重的一面。

阳光从他身后落下，逆着光他微微侧身，俯视着苏青，一半脸庞被淹没在荫翳中，往常温柔的银灰色在此刻显得冰冷得可怕，却又隐隐透露出某种令苏青感到悲哀的、完全接受一切的平静。

"所谓王，只不过是国家的机械。"他说，"我是为了白之国而生的，你应该听说过，在外面，他们都叫我'天选之王'。"

王位，是囚笼。

它将王囚禁在王宫中，让他孜孜不倦地运作着，像是一台绝对精准的机器，将整个国家推向繁荣。

苏青当然听过"天选之王"的传说。在白王登基的那天，月神亲自神降显灵，将月光织就的冠冕戴在了白国王的头上，随后便飘然离去。

难道在接受那个沉重的王冠的同时，神灵作为交换，带走了他的其他东西吗？对于"王"来说不必要的东西，比如，他的心？

说来实在可笑，在游吟诗人华丽的咏叹调中怜悯世间一切的悲悯之王，却独独无法怜悯自身。

这样的白国王，仅仅只是一个名为"王"的空壳。

除此之外，一片空白。

看着白国王的眼睛，苏青心脏有些微疼。

这时你选择：

安慰他

（继续阅读091页）

沉默

（跳至092页）

苏青想了想，开口安慰道："还有那么多人喜欢、倾慕着你。"

白国王默然地听着，脸庞隐没在阴影中。

他静静地听着，那眼神却让苏青慢慢收声了。

"果然，神说的没错，希求理解是一种罪过。"白国王扬起了一丝自嘲般的苦笑。

"他们喜欢的，并不是我，弥赛亚。"白国王轻叹一声，声音几近不可闻，"他们喜欢的，是完美的王。"

"什么？"苏青没听清。

"算了，也是我的错，走吧。国王会议的各位还在等我们呢。"白国王揉了揉苏青的头发，笑着摇了摇头。

*** 跳至093页 ***

苏青刚想开口，却又不知道说什么好。

本来她想用身边的人安慰白国王，但仔细想想，时至今日，连苏青都发现了白国王的不同，这些朝夕相处的人又怎会发现不了呢？

但白国王还是变成了现在这样。

苏青把话咽了下去。

就这么一会儿时间，白国王又笑了笑，神情回复到了往常的温和，气质也重又变得温润而包容。他的眼睛一片平静，仿佛刚刚那丝涟漪从未泛起。

"走吧，国王会议快要开始了。"白国王低声说。

天地之间一片寂静。唯有沉重肃穆的葬乐缓缓回荡，带着难以捉摸的、宿命般的命运感，仿佛高天之上的神明投向人世间的视线。一切都已被安排妥当，人类没有丝毫反抗的余地。

就像是黑之国那个冰冷苍白的太阳。

白之国永远阳光充沛。

但此刻，苏青却浑身发冷。

*** 白国王好感度+1 ***

第9章
白之歌·高潮

苏青和白国王到的时候，贵族们还没有到。

大会议堂空空荡荡，墙壁上绘制着巨幅的壁画，其中正中央那巨大的月亮格外显眼。

月下，属于国王的主位同样俯视着大厅中的一切。但现在，却放着两把椅子。

白国王动作优雅地抽出主位旁的椅子："请。"

苏青犹豫道："这是？"

"当然是独属于王后的座位。"

白国王动作温柔，却不容抗拒地将苏青按在椅子上。微冷的手指微微用力，苏青便只能放弃挣扎的想法，乖乖坐稳了。

"我只是个信使……让我站着就好。"苏青忍不住辩解，"其他的不至于，真的不至于。"

"好了，既然已经身为这个国家的女主人，就不要再说这种话了。"白国王语气还是一如既往的温柔，内容却完全背道而驰——

"果然还是不合礼仪吗？那么，明日便补上婚礼如何？"

他执起苏青的手，即使是说起攸关自身的"结婚"这种大事，浅淡的银灰色瞳眸仍是一片毫无瑕疵的温柔。

苏青与他对视，一时之间竟无话可说。

但不知这沉默给了白国王什么误解，他恰到好处地展露了几丝懊恼："确实，王与后的婚礼不应该如此匆忙。"

"但请放心地将一切交给我吧，我的后。"白国王彬彬有礼地行了个吻手礼，"我会举办最繁盛的婚礼庆典，众神都将为你赐福。"

"所以说，问题根本不在这里啊！"

苏青抽回自己的手，无奈道："是我不想跟你结婚才对。"

白国王蹙眉，像是有些苦恼，又像是对小孩子无理行为的无奈。

"可是，你是王后啊。"他说。

看着他的表情，苏青差点以为荒谬的那个真是自己。当她稳了稳神，刚想继续辩解时，会议堂的大门突然被打开了。

白国王立刻起身，贵族们鱼贯而入，苏青只能将话憋在了心里。

看见主位上竟有另一人，贵族们都很惊讶。白国王从容自若地向所有人介绍她，苏青只能僵硬地微笑示意。

会议进行得很成功，但白国王却一直没有提到那封信。苏青想讲完事马上走的愿望眼睁睁地走向破灭。

如果任凭这样安排的话，恐怕真的要一直坐到会议结束了。

而那时，她还真的有走的机会吗？

苏青靠近白国王，低声道："我有些累，能去一下洗手间吗？"

果然，白国王轻轻颔首。

一名侍者跟了上来，带着苏青从侧门出去。

苏青低眉顺眼地跟着侍者出去了，在门最后合上之前，白国王倏然回头，看向苏青离开的背影，银色的瞳孔亮得惊人，庞大到常人难以想象的魔力在他的双眼中静默地燃烧着。

"怎么了，王？"有人问。

白国王沉默了一下。

"无事，继续吧。"他说。

苏青被那一眼吓得心脏狂跳，在真正出来后，才发现自己的手里全是冷汗。

她稳了稳神，走在侍者身后，盯着侍者毫无防备的后颈，手腕轻转，旁边的彩绘玻璃开始震颤。

侍者抬起头，喃喃道："什么声音？"

苏青抬起手，透明色的"后"反重力地浮起，在空气中散发出灼热的热量。

一大块玻璃砰地碎裂，在侍者下意识转头时瞬间变换了位置，在他的脑后狠狠一击！

侍者连声音都没来得及发出就摔倒在地上，厚实的玻璃落在他身上，从中心处龟裂，碎成了几大块。

在他摔下去的那一刻，苏青就猛然加速，从他身后冲向那块破碎的窗户，轻巧地跃起，从窗户的空洞中穿了过去。

她看向地面，灌木丛仿佛被无形的力量猛地聚拢在一起，将柔软的叶片揉成一个缓冲的落点。

苏青落地，还是被冲击力撞得嘶了一声。

苏青揉了揉脚踝，刚准备跑，一抬头就撞上远处窗边菲比愕然的眼神。

下一秒，菲比迅速挥剑向天空，瞬间，代表着警示的魔法烟花在空中轰然炸响。

这群贵族果然没安好心！

她一直觉得奇怪，明明她只是来送个信而已，而且是对立的黑之国的信使，为什么这些贵族就一副默认她一定会留在白之国的样子。

原来是想"强行"留下她才对！

苏青伸出手，飞翔着的雪鹊被扰乱了魔力回路，只拍了拍翅膀便在空中四散成魔力光点。

但来不及了，王宫中的魔法阵依次启动，宫廷法师和侍卫们出动，包围圈从外围逐渐向中心缩小，在王宫中进行地毯式搜索。

苏青只来了几天，论对王宫的熟悉程度肯定比不过这些侍卫，如果想找地方藏起来就是自寻死路。

她略一沉思，当机立断，从系统背包中掏出一样东西。

此刻，你想要呼唤谁的名字：

莉莉丝

（继续阅读097页）

墨千秋

（跳至099页）

"莉莉丝!"苏青大喊。

*** 你使用了〔莉莉丝的纸条〕***

空间开始震颤,无数魔力线条凝聚在这一点上,半空中的空间被强行扭曲撕裂,露出了灰黑色的空间夹缝。

一只柔若柔荑的手从狰狞的空间中探出,凝脂般的雪白,指尖上涂着鲜红的色彩,轻轻挑起了苏青的下巴。

苏青顺着这力道抬头,入眼便是莉莉丝笑吟吟的、美得惊心动魄的脸。

"可是让姐姐好等啊,还以为妹妹把我忘了呢。"她凑近苏青,呼吸间带着动人的香气,"怎么了?要姐姐帮什么忙?"

"带我离开!快!不然来不及了!"苏青焦急道。

白之国搜查的动作很快,苏青已经能感觉到人就在附近了。

莉莉丝一怔,这才看了看周围。

出乎意料的,她竟然露出了复杂的神情。

"白之国吗?真是好久没回来了。"莉莉丝揉了揉苏青的头,笑道,"不过这就没关系了,姐姐当年可是法师协会的会长,他们这群人我太清楚了。我想带着你走,根本没人能拦得住我。"

"莉莉丝姐姐,你是白之国的人?"苏青震惊了。

"如果按血脉算,我还是白国王的姐姐呢。"莉莉丝眨了眨眼,"不过我十几岁的时候就跑掉啦，跟这个弟弟感情也不怎么深。"

"虽然我很震惊，但这些之后再说吧！快逃命啊！"苏青余光已经看到白之国的侍卫了，急得她想踮起脚钻进空间裂缝里。

莉莉丝张开手臂，苏青便感觉脚下一轻，但之前的力气还在，措手不及间掉进了莉莉丝怀里。

空间裂缝开始合拢，侍卫已经看到了苏青，在呼喊同伴的同时又往天空中放了一个警示烟花，快速向苏青跑来。

这个举动提醒了苏青，她从背包中拿出那封代表着主线任务的信，朝天空中一丢。

"白国王——不，弥赛亚——！我知道你听得到——！"她大喊，"信我给你放这了，你记得看！还有，对不起！"

空间裂隙完全合上了。

苏青眼前是空间夹缝中特有的混乱与黑暗，但她总觉得她似乎在将将离开之前，看到了一抹银白。

叮！

主线任务——送一封信给白之国的国王殿下 / 已完成！

玩家可随时返回棋盘空间！

苏青还没松下一口气，便感觉到莉莉丝搂在她腰上的手紧了紧。

"那么，接下来去哪里呢？"莉莉丝撩起她耳边的发丝，凑近她耳边轻笑，"要不，去姐姐家里怎么样？"

莉莉丝好感+1　　***　　白国王+1

（阅读102页）

（可回到现实世界选择玩跑团副本游戏）

"墨千秋！"苏青高喊。

*** 你使用了〔墨千秋的名片〕***

周围的空气产生了微不可觉的波动，像是有什么东西一瞬间扩散开来，震荡得四周事物的颜色也随之扭曲了一瞬。

在虚幻与现实的交界中，一只白若冷玉的手从不可知处伸出，轻轻一按，苏青便跌入了一个温暖的怀抱。

明明近在咫尺，这气息却又清冷遥远，让人想起落满雪的山巅之松。

"应邀而来，荣幸之至。"

墨千秋轻笑着托着苏青的腰，磁性的嗓音近在耳畔。就像他每一次的出现，行若鬼魅，无声无息，却又深深印入人心。

"快快快，带我走！"苏青急忙道，"过会儿再解释，现在再不走就来不及了！"

墨千秋挑起眉，略一环视，却没什么惊讶之意，似乎早有预料。

"不急。"他甚至还有闲心调笑道，"等价交换可一向是我的准则——小苏青，我救你可以，但你要用什么东西来换呢？"

白之国的侍卫已近在眼前，墨千秋随手撑开一直握在手上的黑伞，那伞面不知以材质制成，从暗处破风而来的弓箭当头撞上，当的一声掉落在地。

那伞从外部来看是纯黑色，甫一撑开苏青才发现原来伞面内部印着一条银色的巨龙，悠游于群星之间，似有神韵的龙目直直与苏青的视线相接。

苏青："我、我什么也没有啊！"

伞的荫翳笼罩而来，显得墨千秋的皮肤更加苍白，那泪似的红痕愈发显眼，像是一滴未凝固的血。墨千秋的桃花眼似笑非笑地凝视着苏青，在星辰与龙影之下，那含着笑意的声音宛若诱惑的恶魔。

"那就许给我一个要求如何？"他的呼吸落在苏青的肩头，彼此之间的距离无限接近，"只是一个小小的要求，如果是你的话，一定可以做得到的。"

钢铁相接的一声脆响，白之国的侍卫已然围了上来，但无数刺上来的剑皆被墨千秋一接一带，偏离了方向后反而刺向己军，自乱阵脚。

"如何？"荫翳低垂，遮挡了墨千秋俊美的面庞。苏青甚至产生了种错觉，这伞下仿若一个独立的空间，外界的一切皆无法抵达，只有他们两人。

"好。"苏青自己还没反应过来的时候，嘴便已经自作主张，擅自吐出了这个字。

墨千秋笑了。

不是他一直挂在脸上的那种笑，是难得发自内心的笑容，真诚到了极点，像是内心的愉悦太快满溢，从而控制不住地泄露出了几分真心。

"太好了。"他由衷道。

周围的景色又模糊了起来，苏青这才想起了什么，匆匆拿出了主线任务的信丢在地上。

叮！

主线任务——送一封信给白之国的国王殿下／已完成！

玩家可随时返回棋盘空间！

墨千秋好感+1　　＊＊＊　　黑国王+1

（阅读102页）

（可回到现实世界选择玩跑团副本游戏）

等待黎明

　　黑之国派遣的信使在白之国王城内失踪，护卫信使前来的国王亲卫队发现后悍然突围，在白之国的围剿下仅余一人成功逃回黑之国，这对于高傲的黑国王来说，是无法容忍的挑衅。

　　两国曾在深渊展开过一次短暂的外交和谈，但显然，和谈的结果并不理想。

　　白之国宣称是早已叛逃到黑之国的法师、国王家族的长姐莉莉丝掳走了信使，这个说法并不能被黑之国一方所接受。事实上，信使没有回到黑之国，且确实在白之国境内失踪是不争的事实。

　　黑之国有理由怀疑，白之国囚禁或杀害了信使，以此来向黑之国示威。白之国一方对这个说法予以否定。

　　因为这一场和谈的记录在随后的战争中被烧毁，所以更多的内容后人无从得知。但不可否认的，这一场和谈并没有起到原本应有的效果，而是加深了两国之间的矛盾，使局势越发紧张。

终于，在三天后，黑之国的钢铁军队悄无声息地于深夜越过深渊，悍然出击，连破六城，正式拉开了这场旷日持久、声势浩大的战争的序幕。

鲜血、火焰、混乱……这场席卷整个大陆的战争，史称"黑白战争"。

——《世界通史》

*** 选择进入白之国（阅读白国卷）***

*** 选择进入黑之国（阅读黑国卷）***

作者简介

耳百

✦

00后巨蟹座，热爱游戏、喜欢各种意义上的新奇事物。文风绮丽，想象丰富，擅长幻想类故事。

黑与白的绮想曲

*** 白之国 ***

耳百 ◎ 著

图书在版编目(CIP)数据

黑与白的绮想曲 / 耳百著.
—武汉：长江出版社，2020.11
ISBN 978-7-5492-7448-2

Ⅰ.①黑… Ⅱ.①耳… Ⅲ.①言情小说－中国
－当代 Ⅳ.①I247.5

中国版本图书馆CIP数据核字(2020)第232010号

黑与白的绮想曲 / 耳百 著

出　　版	长江出版社			
	（武汉市解放大道1863号　邮政编码：430010 ）			
选题策划	漫娱　姚轲馨			
市场发行	长江出版社发行部			
网　　址	http://www.cjpress.com.cn			
责任编辑	李　恒			
特约编辑	许斐然			
总 编 辑	熊　嵩			
执行总编	罗晓琴			
装帧设计	赵一麒　　邓　婕	开　　本	880mm×1230mm　1 ／32
特约画手	斯白太　　HENG	印　　张	7.25
印　　刷	武汉新鸿业印务有限公司	字　　数	280千字
版　　次	2020年11月第1版	书　　号	ISBN 978-7-5492-7448-2
印　　次	2021年2月第1次印刷	定　　价	52.80元

第1章

天使恶魔

天光和煦，春风般柔和温暖的风软软地吹着，掠过几个嬉戏着的孩子，卷起了苏青耳边的一缕鬓发。

苏青抬手压了压帽子，视线扫过周围安宁悠闲的景色，不禁又在心里叹了一口气。

外面虽然是一副战火连天的凄惨乱世场景，但白之国的王都却好似没有受到任何影响，像是独立于这片大陆的桃源般，仍然是原来那样宁静和谐，人人脸上都挂着幸福美满的微笑。

这让千辛万苦、历尽艰险，横跨近半个大陆战场才成功潜入白之国的苏青差点以为自己又穿越了。

她费尽心思逃出白之国王宫的时候做梦也想不到，她竟然还有自己乖乖回来的一天，而且是以这种偷偷摸摸的方式回来的。

就像她做梦也想不到她竟然也有能成为世界级战争导火索的一天。

现在再笨的人也知道应该好好藏起来，免得被抓出去平息民怨。

苏青这人没什么优点，但其中有一点就是有自知之明。

即使她现在登高一呼，说你们别打了我好得很，估计也会被双方战火直接轰成渣。

人贵有自知之明。她就是个借口，一个理由。

黑王为了她而挑起战争？然后白王就这样硬吃下了这个哑巴亏？

苏青回想起白王灌注魔力后那双仿佛蕴藏着宇宙、一眼便能看透命运般美得非人的银白色瞳孔，便深深觉得谣言真是十分不可信。

白之国又不是什么委委屈屈的傻白甜，现在想想，其实白之国境内似乎早已对这次战争做了充足到怪异的准备，简直就像是在期待着这次战争一样。

现在她最聪明的做法明明是应该躲起来，靠着自己学习魔法后已经大有长进的棋子力量苟住性命，等待战争结束再作威作福，啊不对，是正常生活……

但是世事总是难料的。

> 叮！主线任务：帮助白之国取得战争胜利 / 成功推进！
>
> 阶段性任务：潜入白之国 / 已达成。
>
> 更新阶段性任务目标：见到白国王，并接受阵营任务。

苏青重重地呼出一口气，其中万般无奈、百般郁闷，还带着一丝"我就知道你要搞事"的释然。

莫名风评被害的系统：……

"早在当初签卖身契的时候我就该明白，总有被强行拉出来干活的这一天。"苏青喃喃自语。

潜入白之国的任务比她想得难多了。本来还以为能靠着棋子作弊，结果几乎各个大领地中都有对空间魔法有感应的魔法阵，用些小魔法还行，一旦想正经放个空间移动，马上就有一群骑士带着剑来围追堵截。

她到底为这个鬼任务付出了多少！苏青一想到过往的心酸往事，眼泪都要落下来了。

她将帽檐又往下压了压，力图将整张脸都隐藏在阴影下，只露出一个下巴。

要是能这样瞒过门口的守卫就好了。

苏青一边这样想着一边向白王宫走去，但原本人流松散的街道尽头突然有些骚动。

不少人都改换方向，一齐向着这边涌来，苏青按着帽子茫然四顾。

"王！王来了！"

人群中有人难掩激动地喊道。

苏青心里升起了不祥的预感。

但人流越聚越多，挣脱不开，裹挟着苏青向着尽头而去。

混乱间免不了肢体碰撞，苏青一边低声道歉一边尽力分开人群，这时一阵风暮地吹来，吹起了头顶的帽子。

苏青下意识伸手去抓，却扑了个空。

一只骨节分明的手从侧旁伸出，稳稳地捏住了帽檐。

纯白的长发，淡色的薄唇，右眼一点泪痣。

许久不见白国王，他似乎分毫未变，又似乎比之前与苏青相处时更添了几分遥不可及。他骑着马，披着纯白的王袍，周围的人民自动为他空出了一片区域，而不知何时，苏青已经被推搡到了正前方，距离白国王只有咫尺之遥。苏青愣愣地看着，一时不知道是逃是躲。他站在阴影下，皮肤是冷色的雪白。那份精致冷列的美貌比起战争前没有半分减损，甚至那满溢着温柔，令人全心信任的眉眼因添上了几丝隐约的忧虑，而更加重了那种矛盾又融洽的气质，更加令人心折。

他瞳孔流溢着浅淡的银色，突然向苏青望了过来，准确地与她的视线相接。那眼睛像是银河细碎地闪耀着微光，眼底却通透得没有一丝感情。但很快，他叹了口气，瞳孔中的银色像是水流般隐去，那双银灰色的眸子重新抬起时，眉眼间便分明带上了几分无奈的笑意。

苏青心中不祥的预感愈加扩大了。

他唇角微微上扬，下了马，抬脚迈入阳光中。他缓缓向这边走来，人群仿若摩西分海般自动分出了一条畅通无阻的道路，苏青只能格外突出地一个人留在原地。白国王唇上的笑意更加深了几分，纯白的长发逶迤散落于肩侧，那颗泪痣点在右眼下，似乎在熠熠生辉。

很快，他站在了苏青的身前，轻柔地将那顶帽子重新戴回了苏青的头上。

苏青觉得自己十分心虚。

"你啊。"白国王叹息般说道，"真是胡闹。"

这"胡闹"两个字说得不重，轻飘飘的，苏青听来不仅没什么怪罪的意思，反而有些宠溺？

苏青被这个突然出现在脑子里的词吓得不轻，她下意识摇了摇头，尴尬地笑了两声："这个，真的是误会，我没什么恶意的。"

这话刚说完她就想锤自己一拳，哪有这么说话的！

"只是回来而已，又何必弄得那么麻烦呢。我早已吩咐过他们了，如果是你回来，白之国王宫的大门随时为你敞开。"白国王怜惜地抬起手，在未触及苏青的脸颊时又克制地放下。

他又叹息一声。

"累了吗？"他温和地说，"暂且休息一下吧。不用担心，之后无论你想离开还是想留下，我都不会拦你。"

那双眼中的关怀不似作假，苏青更加愧疚了。

白国王笑了起来，一瞬间仿佛万星闪耀，百花齐放，即使苏青早有心理准备也被冲击得有些晕乎乎。

"太好了。"他在光辉中柔声道，"有什么想要的奖励吗？"

苏青勉强拉回了神智，摁着摇摇欲坠的良心三连："不了，谢谢，真不用。"

"没关系，不用现在就提出来，你可以再好好想想。"白国王微笑着说，"我对你的承诺永远有效。至于现在，你原来的房间我一直留着，一起吧？"

说完他便侧身，腰部微弯，手肘自然地抬起，像是一个自然而然的邀请。

苏青站在原地没动，白国王抬了抬眼睛，似乎有些疑惑。

众目睽睽下，苏青只好硬着头皮挽上了他的手臂。

白国王眉眼舒展，唇角微挑了挑，这才从容迈步。

在站在那匹马前时，苏青左看右看，也只看到了一匹马。

难道要和我共乘一匹？

苏青递给了白国王一个疑问的眼神。

白国王状似了然地点了点头，然后伸出手——准备直接把人抱上马。

好在苏青及时后退了几步，这才躲过了揽过来的手臂。

这也太羞耻了吧！大庭广众下公主抱！

白国王侧了侧脸，张开的手臂还停留在空中，眼神似乎有些疑惑。

她只能无奈开口："能不能换个方式？算了，我自己上吧。"

白国王眨了眨眼睛："好的，按你喜欢的方式来就好。"

就在他转过身的那一刻，苏青脑海中的系统突然开始疯了似的不停发出尖锐的长鸣。

"警报！警报！您所属的阵营〔白之国〕的领袖〔白国王〕面临生命危险！请尽快保护！如〔白国王〕死亡，则〔白之国〕阵营所有眷属判定任务失败，同时面临死亡威胁！警报！警报！"

苏青悚然一惊，猛地回头，却看见有一人突然冲出人群，一边尖叫着什么，一边高高扬起手里的匕首，锋利的刀尖直直指向白国王的后心！

危险近在咫尺，苏青完全没有考虑的时间，只能尽力将白国王往旁边一推。

白国王猝不及防下倒向一边，但苏青却因为推人的动作，正好撞上了那刀锋。

噗。

苏青清晰地听到了刀尖刺穿皮肉的声音。

白国王眼中的银光骤然奔涌，他在下落的趋势中完全不顾自己，仍执着地向苏青伸出手。

空气中躁动的魔法元素突然聚集起来，几乎到了凝作实体的地步，却全然无法阻止鲜血的流逝。

这时苏青手指间的棋子突然爆发出一团惊人的光亮，将苏青彻底淹没其中。

那一瞬间，时间被无限延长。白国王重重地摔倒在地，眼睛却仍不错眼地注视着苏青，在那向来平静温和的眼眸中，此刻却意外地焦灼慌张。

苏青猛地吐出一口血，棋子的光芒收束，只留下原地的一摊血迹。

苏青，消失了。

当苏青从昏厥中醒来时，感到头痛欲裂。

那疼痛不只是单纯的肉体上的疼痛，像是隐藏于大脑深处的灵魂被一只巨手活生生地撕裂开来，再被强行按进脑浆里粗暴地胡乱搅拌。精神上的痛苦无法言说，苏青一时间完全失去了思考的能力，一心只想快点从这份痛苦之中挣脱。

不知过了多久，那叫嚣着的疼痛终于开始逐渐隐退。苏青脑海中隐隐飘起了一个念头：这是在哪？

她扶着头坐起，眼前一阵阵地发黑，胸口涌起一阵阵闷痛和恶心感，但基本还在可以忍受的范围内。

她知道，这大概是棋子力量的副作用。她现在还活着，应该就是缘于之前棋子爆发的那阵白光。自从自己学会魔法后，棋子便再没有这样失控过了。

但是这副作用……棋子到底把她弄到哪里了，用了这么多力量？

休息了一会儿，苏青在脑中呼唤："系统，我这是在哪？"

寂静无声。

苏青有些慌了。系统虽然坑，但向来是有问必答的。

"系统？系统？"苏青在脑中焦急地呼喊，但脑海中仍然一片寂静。

系统不见了。

谁也无法理解，苏青那一刻心里猛然掀起的惊涛骇浪。

系统不见了？那谁来统计任务？她、她又该怎么回家？

系统不见了，意味着她唯一能够连接两个世界的桥梁断了。

她可能只能待在这里了。

苏青沉默良久。

短暂的迷茫后，一股无名怒火蓦地涌起。连苏青自己都不知道这怒火从何而来，但一思索脑海深处的疼痛便汹涌而至，她只好放弃了思考，只任由这胸腔中的怒火无来由地静默而茫然地燃烧着。

这愤怒亦给了她力量，苏青不顾还昏暗着的视线，手掌撑地站了起来。

回想起那场突如其来的力量爆发，苏青赶紧在身侧掏了掏，摸出了她的棋子。

整个棋盘上最强的棋子——"后"。

在确认"后"还在她身边后，苏青才松了口气。

但现在"后"已经不像之前那样晶莹剔透，仿佛流动着透明的光彩般漂亮了，而是从内部布满了银白色的蛛网般的凝冻脉络，其余都充斥着暗淡的灰霾色。

苏青一思考就头痛，只好草草将这枚已经大变样的棋子重新收回口袋，准备等自己的智商回来后再好好研究它。

这时她视力终于重新恢复到了正常水平，这才有精力好好打量一下她现在身处的环境。

这里是一座宫殿。

柔软的地毯，长长的走廊，彩绘的落地窗……还有从那窗外投射入昏暗走廊的温暖的阳光。

看来还是在白之国没错了。

苏青正扶着一根圆柱，茫然的眼瞳映出因透过彩窗，而显得格外旖旎的光点。

阳光正好，温柔散射的光线像是某种朦胧而干净的雾气，将整条走廊靠向窗的这边，染上了一层梦幻般的色彩。

走廊高高的穹顶上绘制着风格恢宏、色彩鲜明的穹顶画，栩栩如生的神明与天使面容悲悯，沉默地注视着穹顶之下的人。

苏青浑然不觉，只是沿着窗边，缓慢而懵懂地向前走。

"站住。"有小女孩清脆的声音响起，"你是谁，我怎么没见过你？"

苏青停下，左右看了一圈，硬是没找出声源在哪。

"这里！我在这里呀！"

苏青慢半拍地抬头，看向走廊尽头的空中，一个小女孩轻盈地坐在高处的灯架上，紫色的头发扎了个高马尾，穿着白色的小短裤，纤细的小腿轻轻晃着，看见苏青终于望过来的眼神还向她眨了眨眼睛，银灰色的眼睛亮亮的满是好奇，像只狡黠的小猫。

"这……哪来的孩子？"苏青一看那离地好几米的灯架顿时慌了，"你别晃了，小心掉下来！"

这要是掉下来轻则骨裂骨折，重则半身不遂啊！

"你不知道我是谁吗？难道是新来的女仆？"小女孩眼睛转了转，突然大声道，"哎呀！"

那本就脆弱的灯架开始颤抖，小女孩一个重心不稳，掉下了灯架，眼看着就要摔落在地。苏青下意识一个飞扑想要接住她，女孩的身体却在半空戛然而止，悬空停滞在了空中。

苏青下巴挨着软乎乎的地毯，傻傻地抬头看着笑眯眯的小女孩。

小女孩笑得前仰后合，躺在空气中打滚又转过来，灵巧得像一条游鱼。

"你怎么这么可爱呀！"女孩凑过来，抱住了苏青的手臂，大眼睛扑闪扑闪，"你叫什么名字？我让父亲把你给我，当我一个人的女仆好不好？"

苏青心想：这到底哪来的熊孩子小恶魔！

这时走廊那边传来一阵急促的脚步声，还有隐约焦急的呼喊："小姐！到底去哪儿了？小姐！"

"啊，又来了。"小女孩扁了扁嘴，"讨厌。"

虽然嘴上这么说，但她不仅没有回到那个隐蔽的灯架上，反而还老老实实地落了下来，脚踏实地地站稳了。当然，如果没有还死死抱着她的胳膊就更好了。

"小姐！"一个女仆打扮的人出现，看见小女孩后眼睛一亮，"太好了，终于找到您了，快要上课了，老爷一直在找您呢。"

"不管那些，玛丽，你去跟我父亲说，"女孩将苏青的手臂抱得更紧了些，"我要这个人。"

谁知道玛丽往苏青的方向扫了扫，却像是完全没有看到苏青这个人。她甚至还略有些疑惑地反问："什么人，小姐？"

苏青试探着向玛丽伸出手，然后手像是虚影般直接穿过了玛丽的身体。

不会吧！她不是直接挂了变成幽灵了吧！

苏青震惊极了，旁边的女孩也很惊讶，却反应极快地向玛丽甜甜一笑："没什么人，我逗你玩呢。"

玛丽松了口气，语气嗔怪道："小姐您真是！今天要见教师的呀，您怎么穿这身衣服？"

玛丽像是才发现女孩身上的打扮，焦急道："身为洛莱家的淑女，不穿长裙就已经够失礼了，怎么能穿这、这种……不知廉耻的衣服？！现在必须得赶紧换掉了，家庭教师马上就要来了。"

女孩被玛丽匆匆拉扯着离开，不得不松开了抱着苏青的手。

苏青刚想顺势溜走，就看见小恶魔在玛丽视线死角处回过头，对着苏青无声道："在——这——等——我——"

苏青嗤之以鼻，刚想抬脚。

"不然，我就把你的存在告诉别人。"小恶魔露出了个甜甜的笑容，又补充道，"所有人。"

苏青乖乖地收回了腿。

但在小女孩走后不久，苏青还沉浸在自己突然变成幽灵的悲伤之中。

第二个来客已悄然而至。

"你是谁？"

银灰色的眸，雪白色的发，淡色的唇。

还有那颗点在右眼下的泪痣。

面无表情的男孩将手按在腰间的佩剑上，镜面似的眼瞳中倒映出苏青呆若木鸡的脸。

"你是谁？"

他重复道，声音平静而冰凉，像是终年封冻的雪山冰川。

　　苏青人傻了。

　　这张脸，就算缩小成现在这副巴掌大的样子她也认得出来，这不就是白国王吗？！

　　难道，她根本不是移动到了其他地方，而是穿越回了过去？

　　怪不得系统怎么叫也没反应，估计在这个时间点上直接把自己卡死机了吧。等等，在同一时间线上的不同世界回去就够难了，现在连时间都不一样了，这还怎么回去！

　　难道她这辈子就要永远留在这里了？

　　苏青这边兀自陷入了震惊之中，那边幼年版的白国王等了许久也没有等到答案，却没有表露出丝毫生气的情绪，只是又接着重复了一遍问题："你是谁？"

　　苏青发现了点不对劲，于是她蹲下来，试探地指向自己："问我吗？"

　　白国王顿了顿。

接着他张开口，接着重复道："你是谁？"

那语音、语调和音量，和前几句没有丝毫分别。眉眼精致的小男孩不动不移，连眼神都没有分毫改变，只是礼貌而耐心地发出疑问，像是一个在既定程序上卡壳，于是不断循环执行的机械。

苏青脊背上窜过一股凉意。她看着眼前的小男孩，认真地问道："你为什么那么想知道我是谁？或者，我是谁要怎么样，不是谁又要怎么样？"

男孩又顿了顿。苏青发现了，他在这时候眼睛会微微睁大，这似乎是某种"卡壳"的征兆。

果然，他又张开口，看口型就是又要复读上一句话。

苏青直接捂住了他的嘴。

男孩的眼神终于产生了变化，他看向苏青的眼睛瞪得更大了，同时，脸颊逐渐漫上一层薄红，连带着耳根也染上了红色。

"我是……我是……"要是瞎讲一个没准马上会被拆穿，更何况她现在还是个幽灵。苏青眼睛疯狂乱转，一眼就瞥到了穹顶上白云中光屁股的小屁孩。

"天使。"苏青羞耻地闭上了眼睛，"我是……那个什么，天使。"

男孩愣愣地，冰块似的眉眼消融，像是从广袤的冰面上碎裂出一条缝，露出一丝小心翼翼的好奇。

他眨了眨眼，睫毛长得像是蝴蝶的翅膀，呼吸轻轻地吹在她的掌心，苏青像被火烫了一下，赶紧把捂人孩子的手放了下来。

"你是守护天使吗？"男孩终于像个真正的孩子那般问道，眼睛亮闪闪的，"是妈妈说过的那个，神明大人派来保护我的、别人都看不见的，我的守护天使？"

没想到随口一扯竟然还有睡前故事补全逻辑背景，果然傻人有傻福，当你降智的时候全世界都会帮你，苏青连忙道："对，就是这样。"

男孩笑了起来。

那笑容纯粹又美好，让那因缩小而消退了些疏离与威严的脸庞，显得格外精致昳丽。

这时她终于深深理解了什么叫"神赐的无瑕之貌"。

苏青反应过来后差点想给自己两巴掌。

醒醒，苏青！这可是未成年正太，难道你想一回家就进局子吗？！

在她还在忏悔时，白国王却主动握上了苏青的手。

"我一直在等你，我的守护天使。妈妈说过只要每天都虔诚祷告，你就会来的。"

他拉住苏青的手，将她的手与自己另一只手交叠，摆出一个像是祈祷的姿势，抵在他的下颌。

"我的天使。今天我也将向您祈祷。"他闭着眼，认真地说——

"请消除世界上所有的恶，请奖励世界上所有的善。请让所有人都能过上幸福的生活。"

"还有……"

虔诚闭着眼的小孩脸颊微微红了，声音也小了下去。

"今后也请……永远陪伴我。"

耳朵通红的小男孩小声道："最爱您的弥赛亚，敬上。"

说完后，他动作幅度很小地轻轻吻了一下苏青的手背，结束了整场仪式。

"我很认真，也很虔诚的。"幼年白国王，不，弥赛亚期待地看着苏青，"以后我也会每天祷告的！您就一直留下来好不好？"

面对着这样的眼神攻势，苏青只能动作僵硬地点了点头。

夭寿啊！我是不是犯罪了。

苏青捂着脸，面对着道德和心灵上的双重谴责，再起不能。

这时，走廊那边又传来了隐隐的脚步声。

比起刚刚那个玛丽的脚步声，这个声音明显更沉稳，夹杂着"咄、咄"的手杖敲击地面的声音，缓慢而目的明确地向着这边而来。

弥赛亚周身的气氛顿时变了。

他放开了苏青的手，站姿和表情也产生了细微的变化：眉毛平展，眼神平静，薄唇抿起；后腰绷直，鞋跟并拢，定格在了一个严肃中带着恭谨的形象上。

苏青目瞪口呆地看着他大变活人，这已经不像是普通人的"调整"了，简直像是精细到毫米的"控制"。

脚步声停下，手杖底部的金属敲击在绒毯上，发出一声沉闷的响声。

一个面容严肃，皱纹宛若刀刻般的中年男子站在原地。

"父亲，日安。"弥赛亚首先低下头，礼节标准而完美。

"弥赛亚，我的儿子。"中年人开口，声音沉浑，"今日的练习如何？"

"达到了标准。"弥赛亚一板一眼地回答，"不负您的期望。"

"很好，今日你的剑术老师还大大赞扬了你，估计不久就要换更高阶的大骑士才能来教你了。"中年人矜持地颔首，"不愧是全南大陆最正统骑士家族的继承人。"

两人一问一答，苏青在旁边看着却越来越惊讶。

不仅神色、姿态，甚至连声音都产生了变化，现在的弥赛亚比起之前那个小孩，真的从方方面面上来说都是一个"完美"的家族继承人。

关键是这一切都是瞬息之间完成的。而弥赛亚，就像是一个AI，在接触到特定的人后便选取对应的模板，眨眼间便"加载"了一整套"应对模式"。

怪不得之前一直在问她到底是谁！

那边父子两人的对话已临近尾声。在结束后，中年人转身欲走的时候，他突然像是想起了什么似的突然说道："对了，你来这边，是想看看你的母亲吧？"

弥赛亚动作优雅地颔首。

"看看也好，也不知道怎么回事，最近那病，是越来越严重了。"

中年人叹了口气，留下一句话幽幽飘在空中。

"趁现在多看看她，也挺好的。"

米白色的窗帘半阖着，风吹了进来，窗帘一动，打倒了窗台上纤细的白瓷花瓶。

一只手无声无息地接住了它，又理了理那不知名白色花朵的花瓣，将它端端正正地放回了原地。

窗帘又动了。苏青隐隐约约嗅到一股清雅的淡香，还有些莫名的熟悉感。

弥赛亚站在床边，轻轻撩起那纱似的床幔，轻声道："妈妈，我来看你了。"

床上平躺着的妇人双手交叠在腹部，浅紫色的长发散落，面容平静而安详。

听到弥赛亚的声音，她的眼睫颤了颤，却没有睁开。

房间内一时陷入了沉默之中。

不知道为何，苏青看着弥赛亚母亲的那张脸，心里却莫名有点发虚，总感觉像是忘记了什么重要的事似的，明明她十分确定，自己从没有见过她。

弥赛亚还在沉默着。

苏青又站了一段时间，终于待不住了，在后面悄悄推了推他。

弥赛亚回过头，眼里是纯然的疑惑。

"你妈妈这是因为生病吗？"苏青小声问。

"是的。从我出生后就开始了，经常这样一昏睡就是几天，所以我能见到她的时间也很少。"弥赛亚老老实实地回答。

"那你，不说点什么吗？"苏青回想着在电视剧里看来的经验，"比如，说说自己的近况什么的？"

"可是妈妈听不见啊。"弥赛亚迷惑道，"我尝试过。这是无意义的行为。"

看着那双纯澈的眸子，苏青感觉一口气哽在喉间。

"那你平时来看你妈妈的时候，做些什么呢？"

"就这样等着。"他自然而然地答道，"如果她正巧醒来了，便说话。"

这明显不对劲吧！

苏青突然想到了她之前逃离白王宫的那天，似乎正是这位夫人的死亡之日。

即使是面对亲生母亲的死讯，那时的白国王也只是说："我没有伤心，我为什么要伤心？"

当初那温和的神情中夹杂的几丝疑惑，简直跟现在这个幼年版的一模一样！

察觉到事情不对劲的苏青严肃了起来。

她捧着弥赛亚的脸，认真问道："那你为什么要来看她？不是因为关心、难受这样，才想来看她的吗？"

"关心？难受？"弥赛亚像是初次听说般念着这两个词，像是含着一颗新奇的糖果。

"我在书上看到过这两个词。老师说，那是懦弱者才会有的情绪，不是我应该学习的东西。"他摇了摇头，"我来看妈妈，是因为这样大家都会高兴哦。"

"高兴？"

"父亲，下人们，亲戚们……"他说，"虽然说着好可怜之类的话，但其实心里是很高兴的呢。"

"要是所有人都能永远高高兴兴的就好了呢。"弥赛亚真诚地说。这时他想起来了什么似的"啊"了一声，"不过，姐姐却不怎么高兴。"

"姐姐？"苏青感觉自己也变成了个复读机。

"是的。我一直不太明白姐姐……"弥赛亚蹙了蹙眉，"即使是同样的事情，上一次很高兴下一次却会很愤怒……好难啊，明明面对其他人都很简单。只要知道身份和群体，再经过一段时间的观察微调就好了。姐姐在这一点上真不像人类呢。"

看着用天真无邪的神情说出不得了的话的白国王，苏青一时有些哑口无言。

那双银灰色的眼睛中全然的真诚，正因为过于纯洁，反而泛出了某种类似于机械般冰冷的色泽。

而且他所说的姐姐……电光火石间，苏青脑海中闪过一道闪电。

这时门突然被打开了。

刚刚才见过的小女孩捧着一束跟窗台上的花十分相似的白色花朵，惊讶地看向屋内。

她的视线在落到弥赛亚身上时骤然冷了下来，在转向一旁的苏青后又在不可置信中逐渐燃起了怒火。

她冷笑着哼了一声，将捧着的花单手向下拿着，向弥赛亚挑了挑眉："又来了，我亲爱的圣子大人？"

弥赛亚标准而流畅地行了个礼。

"莉莉丝姐姐。"他说。

莉莉丝！

苏青终于想起那份熟悉感从哪来了。

难道，眼前这个小女孩，就是莉莉丝的过去？

莉莉丝冷笑："我就是讨厌你这副鬼样子。"

弥赛亚抬起头来。

苏青发现，弥赛亚又微微瞪大了眼睛——他"卡壳"了。

"又不说话了。"莉莉丝嗤了一声，"怎么，又觉得我这个'离经叛道的魔女'连跟你这个未来的天命之王说话的资格都没有了？"

在说到"天命"的时候，她语气中的嘲讽更明显了。

"还有，这个人，"莉莉丝指向苏青，"这是我的！"

"不。"从刚刚起就一直沉默着的弥赛亚突然开口，他牵住了苏青的手，声音中难得带上了一丝执拗。

"这是我的。"他坚定地攥紧了苏青的手掌，"其他的都可以给你，但她，是我的。"

"什么叫其他的都可以给我？你给我什么了？！"莉莉丝炸毛了，"反而是你，你这个顶着高贵圣洁之名的伪君子、小怪物，一直源源不断地抢走我的东西……！"

"咳、咳……"

床上人微弱的咳嗽声，打断了姐弟两人骤然紧张起来的氛围。

莉莉丝第一个凑上前去，挤开了弥赛亚，紧张地看着床上的妇人："妈，你感觉怎么样，有没有好点？"

张开眼睛的妇人虚弱地呼吸着，眼皮缓慢地翕动着，瞳孔是十分浅淡的银色。

她张开口，轻轻地说了些什么。

莉莉丝连忙俯身下去，将耳朵贴在妇人的唇旁。

但很快，她脸上焦急的神色凝固了，渐渐平复，随即转为一种深刻的平静。

她起身，让开了。

"弥赛亚。"她说，"你来。"

弥赛亚刚一上去，便被妇人颤颤巍巍地握住了手腕。

"弥、赛亚……弥赛亚……"妇人的眼睛空茫地注视着天空，像是仍没有恢复理性的神智。但她仍然用她微弱的气音，嘶哑地呢喃着，"我的孩子，我可怜的孩子……"

弥赛亚静静地注视着妇人。

"妈妈什么也不能给你……妈妈，是个没用的女人……但是……"妇人将脸偏转过来，银色的眼瞳却无法聚焦，只是慢慢地，从眼底溢出泪水。

"逃……快逃……这里、全在祂的注视……之下！逃得远远的，这里、这个地方是不对的……"妇人的声音突然挣扎起来，她用力喘息了几声，紧紧握着弥赛亚的手腕。

"快逃！"她最后几乎是尖叫着喊出了这句话，然后便像被按了休止键般骤然停了下来，重重摔回了床铺之中，握着弥赛亚手腕的手也无力地垂了下去。

弥赛亚下意识捞了一下，却失败了。他有些愣神地看着那只苍白细弱得几乎像只骷髅的手，又露出了类似于之前那样困惑的神情。

室内重又陷入了一片寂静之中。

苏青被最后那声嘶哑不似人类的尖叫有些吓住了，再加上弥赛亚母亲之前说的那些话，让她不禁浑身有些发冷。

打破静寂的是莉莉丝。她走上来，将那只手塞进被子，又将被子完完整整地盖好，放下了床幔。

　　纱似的幔纱飘摇，窗边的白花沉静地绽放着。

　　莉莉丝还拎着那束花，但花瓣不知何时已变得残破不堪。

　　她面无表情地擦过弥赛亚，在苏青身旁停了一下："跟我来。"

　　苏青迟疑地看向弥赛亚。

　　弥赛亚看着苏青："你想去吗？"

　　莉莉丝撇嘴："又不是把她偷走了，就是讲会儿话。这么小心眼？"

这时你选择：

跟莉莉丝出去

（继续阅读025页）

不跟莉莉丝出去

（跳至027页）

苏青在两边看了看，最后还是忍不住点了点头。

弥赛亚的眼睛肉眼可见地暗了些许。

但他仍然微笑着说："好的，我会等你的。"

"话真多。"莉莉丝一扯苏青，往门外带，"走了。"

明明莉莉丝只是个小萝莉，扯着她衣服的那边却传来一阵怪力，苏青无法抵抗地被拖到了门外的走廊上。

刚刚站稳，就被莉莉丝劈头盖脸的一句差点砸得站不稳。

"我要带妈妈和弥赛亚一起逃走。"她双手交叉在胸前，银灰色的眸子充满着凛冽之色，"这件事，不许对他说。"

"啊这，为什么？"苏青被这突如其来的发展弄得有些傻眼。

"妈妈的身体不能再拖了。"莉莉丝说，"她被下了毒，这毒性经年累月地积累在她身体里，只要还待在这个破地方，就没办法得到治疗。"

"毒？我还以为她是你们这个家族的主母，怎么会被下毒？"

"当然是为了让她好好闭嘴，当好一个摆设，不能影响那个小怪物的 '成长'。"莉莉丝发出了几声冷笑，"就为了那个见鬼的预言，为了让他成为传说中'完美的王'，便剔除一切个人感情的因素，告诉他所谓的'情绪'与'感情'都是错误的东西……"

"被那样扭曲的教育培养出来的，可恶又可怜的空壳'圣子'，那就是我的弟弟，弥赛亚。"

莉莉丝蹙了蹙眉："这件事我也计划很久了，但本来我是不想带他走的，谁知道他会不会告密，可妈妈太喜欢他了。"

她叹了口气。

"如果醒来没有见到他的话，妈妈肯定会很伤心的吧。"她小声咕哝道，"反正她肯定不想一醒来就见到我这个魔女女儿。"

"魔女？"苏青敏锐地捕捉到了一个关键词。

"你竟然不知道？"莉莉丝打了个响指，一条白色的缎带凭空出现，自己十分细致地挽上了苏青松散的头发，然后打了个柔柔软软的蝴蝶结，乖乖地待在苏青的头顶。

"魔法。"莉莉丝转了转手指，眼神晦暗不明，"在这个以剑为荣耀的家族，可是低劣的一方啊，更何况，我还是个女人。"

"不对！"苏青一把握住了莉莉丝的手，发自内心地喊出声，"剑算什么，魔法比那个酷多了好不好！而且女孩子什么的，不是更好吗！"

想到数年以后那个举手投足间性感又潇洒的大姐姐，苏青不争气地脸红了一下。

莉莉丝惊诧地望着苏青，接着眼睛越来越亮。

"没错！错的是他们才对！"莉莉丝脸颊绯红地大声道。

她牵住苏青的手，向着玻璃窗后的天空伸出手，自信地说："所以我一定会逃出去！让那些什么狗屁命运见鬼去吧！"

说出这样的豪言壮语后，她又突然回过头来，冲着苏青粲然一笑。

"那时候，和我一起，好吗？"她俏皮地眨了眨眼睛。

那笑容中既有飒爽的肆意，却又鲜明地带着少女般的青涩柔软。

"我才不会就这样把你让给那小子呢，他才不配。"她又抱上了苏青的手臂，小声地哼哼唧唧。

感受着手臂上温热的温度，苏青想，她可能惹上大麻烦了。

*** 莉莉丝好感度+1 ***

（阅读029页）

"还是……算了。"苏青犹豫道。

弥赛亚的眼睛明显亮了不少。

莉莉丝冷哼一声，动了动嘴唇，看起来没有说话，但那声音却仿佛直接回响在了苏青脑子里。

"我要带他们走。不许告诉弥赛亚，不然，杀了你。"

莉莉丝最后向她投来一个威胁的眼神，便利落地转身离开。

门砰一声关上，苏青一个哆嗦。

"天使？"身后传来弥赛亚的声音。

苏青实在受不了这个羞耻的称呼了："不要叫我天使了，叫我苏青就好。"

"好。"弥赛亚踟蹰着走到苏青身边，银灰色的眸子里满是不知所措的困惑。

"苏青。"他问，"我做错什么了吗？"

"你没有做错什么。"苏青叹息了一声，蹲下来抱住了他，轻轻地拍了拍他的背，"即使无法理解，那也不是你的错。"

"可是，为什么妈妈会那么痛苦？姐姐，还有你，都很不高兴。"他断断续续地说，真诚地苦恼着，"原来对于母亲来说，我是会令她痛苦的东西吗？"

"不是的，弥赛亚。那是'爱'啊。"苏青温声道，摸了摸他的头，"虽然它有时会带来痛苦，但那并不是全部。"

"我不明白。"他茫然地说，"我知道'爱'，我也知道，我应该'爱'

我的臣民……但那不是我的责任吗？我天生便该'爱'所有人给予他们一切，但不求回报。"

"那不是'爱'啊。"苏青心里有些密密麻麻地疼，她叹气道，"你知道吗？爱所有人，便是谁也不爱。"

"爱？我不明白……"弥赛亚凝望着苏青，那双空空茫茫的银灰色眼睛，像是透彻的镜面般冰冷，却在光线点染下反射出某种流泪似的错觉。

"但是姐姐好像说过这些呢。"他柔和的声音，纯净得像一片羽毛。

"她说我啊，是个空壳呢。"他轻轻地说，"是命中注定的、残缺可笑的人。"

"不是啊！"苏青语气强烈起来，她捧着他的脸，深深望进他的眼底深处，"怎么可能会有命中注定这种事！"

她突然想到了什么。

"对了，你不是说我是你的守护天使吗？"苏青说，"我会帮你的！在你变得好起来之前，我会一直帮你的！"

在弥赛亚放大的瞳孔中，少女身后温柔的光线投射入这间昏暗的房间，为她镀上了一层模糊的光晕。

但那光芒，抵不上她眼中的光彩半分。

那样耀眼、那样温暖，几乎刺激得他想要闭上眼睛。

"那么，苏青，请救赎我。"他轻声道。

"最爱你的弥赛亚，敬上。"

他将下颌轻轻抵在苏青的手背上，闭上了眼睛。

一滴泪从眼角滑落，划过苏青的手掌边缘，坠落在地。

*** 白国王好感度+1 ***

（阅读029页）

逃离之梦

　　"众所周知，众神之母膝下，有一对她最为宠爱的双子。

　　长兄名为阿诺德（Anrod），是掌控太阳的光辉与炎热之神。

　　幼弟名为露纳（Luna），是掌控月亮的阴影与冷寂之神。

　　虽然是一胎双胞，同体同源，但兄弟两人的性格却完全不同。长子阿诺德热情开朗，不仅幽默风趣，还待人亲善；幼子露纳却少言寡语，性格阴沉而内向。这样似乎完全相反的两人，关系却是难得的十分要好。

　　直到有一天，发生了一场令众神都哀痛悲愤的意外。"

　　阳光温暖，教堂的窗旁摆放着白色的花朵，祭司清朗的声音环绕在教堂中，苏青听着听着，眼皮不禁越来越沉，最终还是忍不住彻底闭上了眼睛，身体失控地向前栽去。

　　一只手恰到好处地扶住了她的肩。

　　弥赛亚看着苏青熟睡的侧脸，纤长的睫毛颤了颤，一时间又陷入了"死机"的手足无措中，过了一会儿，他眨了眨眼，小心翼翼地让苏青倚靠在自己的肩上。

苏青的脸颊贴着弥赛亚的颈窝，浑然不觉，睡眠中规律的呼吸吹在他的颈侧。

瞬间，弥赛亚的脸颊、脖颈通红，耳垂更是红得滴血。

他扶着苏青的手顿时僵住了，反复抬起了几次又放下，最后只能自暴自弃般也闭上了眼睛。

但是纠结的弥赛亚并不知道，苏青在闭上眼后却并没有睡着。

或者说，她在做梦。但苏青却十分清晰地知道自己在做梦。

这也是当然的，毕竟谁也不可能眼睛一闭一睁就换了个性别啊！

她一低下头，就能看见她，不，他穿着一身白袍，袒露的胸膛宛若蜂蜜与绸缎，肌肉流畅而完美，蕴含着无限的力与美。

她试着抬手，却无法动作，像是只是与这个陌生的男人在梦境中共享了一双眼睛，以他的视角看向眼前站着的少年。

少年低着头，周身像是浸入了一层荫翳。

"露纳。"苏青听见男人缓缓道。

面前的少年抬起头来，赫然是弥赛亚的眉眼。

苏青一惊，还未来得及反应，就听见少年轻轻应道："兄长。"

苏青这才发现这个人虽然与弥赛亚几乎长得一模一样，但他的瞳色更冷也更淡，声音轻冷得像一片雾气。那双眼睛空空荡荡，虽然镜子般映出了面前人的身影，但实际上却什么也没有。

男人的胸中骤然涌起一阵极其浓烈又复杂的感情，苏青还未来得及分辨，就听见男人低声道："来吧。"

她感觉到"自己"向少年敞开了怀抱。

然后少年提起了手中的长剑———下便贯穿了他的胸膛。

苏青清晰地感受到了冰冷的刀身，还有血液喷涌而出的触感。

这副身体向后，坠落下去。

沉重的身体一瞬间便穿过了层层的云雾，无数人慌乱地大叫，少年茫然的眼瞳一闪而逝，在这一刻与弥赛亚无比相像。

刺骨的寒冷与疼痛蔓延全身，这副身体的主人却如愿以偿般笑了起来。

苏青的眼皮动了动，半梦半醒间，祭司的声音还在讲述："阿诺德倒了下去，向下坠落，一直坠到了冥府，沉入了冥河之中才停止。在此期间，他的神血洒向大地。这种花平时枯萎，只有见到满月时才会绽放出无比美丽的花朵，这就是后来的月见花。"

苏青本能地蹙起眉，弥赛亚连忙悄悄将她扶正，掩饰性地让她向后靠在椅背上，好似从来没有与自己接触过。

"坠入河底的月神找到了日神，两人一起安全地回到了地上，从此，世界重新有了日月。在踏上土地的那一刻，露纳第一次主动拥抱了阿诺德。从他的眼角，落下了一滴世上最纯净的泪水。这泪水渗入了大地之中，生长出了另一朵白色的花朵。只能依靠神迹才能绽放的圣花。"

◆ 叮！ ◆

得到了〔意味不明的碎片〕。

物品说明：看上去像是泛着美丽光泽的宝石碎片，但却蕴含着庞大而温和的能量。本物易碎，请小心存放。

支线任务——收集包含特殊力量的物品吧！完成（3\4）

魅力 +1！

苏青从混混沌沌的状态中猛然惊醒。

她刚刚是不是……听到系统的声音了？

周围一片寂静，巨大的月亮镶嵌在整面的彩绘玻璃墙面上，红发的祭司仰视着那硕大神圣的月，虔诚地宣讲着。

整个教堂沉浸在一片静谧的虔诚之中。

"醒了吗？"

弥赛亚温和的声音传来，他微微偏了偏头，眼睛含着微微的笑意。

"是梦到什么了吗？"

弥赛亚已经脱去孩童般的稚气，阳光下的侧脸俊秀而美丽，白发被一根缎带松松挽起垂在脑后，身形挺拔纤细，具有了某种少年的清秀感。

而且，不知道是不是苏青的错觉，他脸上细微的表情似乎也多了不少。

"怎么不说话？"弥赛亚眨了眨眼睛，那些微的笑意便转向担忧，"是做噩梦了吗？"

"没有。"苏青本想说，但一想起那张与弥赛亚无比相似的脸，她还是鬼使神差般咽了下去。

风吹拂一旁的白花，送来一阵香味。

苏青突然想到："上次我看到你母亲房间窗台上放着的那个白色的花，那就是圣花没错吧？"

弥赛亚点了点头，"是的，祭司说圣花有助于母亲身体康复。"

"这样啊。"苏青只好点了点头。

也不知道最近怎么回事，虽然灵魂上的撕裂痛好得差不多了，却总有种睡不醒的感觉，连带着智商好像也下降了不少，之前就感觉到熟悉却怎么也想不起来。苏青惆怅地叹了口气，就像现在，明明是她自告奋勇来陪弥赛亚上课的，却不知怎么回事，迷迷糊糊就睡过去了。

"抱歉啊，弥赛亚。"

高台上的祭司已经停止了讲述，骑士们纷纷离开。苏青趁机道歉："本来说好要陪你的。"

"能让你睡个好觉，可比陪我让我高兴多了。"弥赛亚弯起眼睛，声音温和而真诚，"只要能让我在你身边，我就很满足了。"

这、这很难让人不想多。

苏青脸红了。

"怎么了？"偏偏毫无自觉的人又更靠近了一点，关心道，"是晒到了吗？确实，教堂这个时候光线是有点太过于充足了，那我们快走吧？"

苏青刚想答应，就听见那边有人叫了一声："嗨，圣子大人！"

苏青转头，刚刚那个还一本正经宣讲着的红发祭司笑意盈盈地冲这边挥手。

弥赛亚小声向她介绍道："这是伦纳德家族的孩子，那个家族信奉的是日神，但这孩子对月神的信仰却十分虔诚，便在我们的领地上当了祭司。"

伦纳德？

苏青又冒出了那种熟悉感，似乎在哪里听过这个姓氏。

那边伦纳德已经和弥赛亚说上话了，肉眼可见弥赛亚的 AI 式应对也在与时俱进，之前苏青还能勉强看出哪个模式对哪种人，现在已经完全看不出来有"模式"的痕迹了。

弥赛亚仿佛在一步步地，成长为后世那个"完美的王"。

苏青突然生出了一阵惶恐。

那么，他那些对她愈加细腻的感情变化与细微的小动作，到底是他在逐渐产生"感情"，还是只是他的"模式"控制更加精湛了呢？

或者，在他的脑子里，也存在着一套"对苏青"模式？

正好此时在教堂外侧的玻璃窗上，映出了莉莉丝的脸。

视线正好对上的苏青有一丝疑惑。

莉莉丝张了张嘴，声音便直接响在了苏青的脑海里。

"跟我来。"

苏青看了一眼还在与祭司谈话的弥赛亚，一时心烦意乱，便没有跟他说，直接从旁边绕了出去。

但苏青不知道，在她离开后，红发橙瞳的祭司饶有兴趣地瞥了她的背影一眼。

见到莉莉丝后，她又是一照面便扔下一个惊天巨雷："我已经全都准备好了，今晚就走。"

在苏青还没反应过来的时候，她又面不改色地扔下第二个雷。

"离开之前，我们得把弥赛亚弄晕。"

亭然而立的少女像猫似的眯了眯眼睛，随着年岁渐长，她眼眸中的银灰色渐深，而弥赛亚的愈浅，现在一眼看去已经十分明显地区分出两人了。

莉莉丝掏出一个小瓶子，瓶中奶白色的液体晃了晃。

"这是我自己炼制的魔药。"莉莉丝不容置疑地将它塞进苏青的手里，"只要你在今晚把它倒进弥赛亚那一杯晚餐后的牛奶里，就可以直接把他一起带走了。"

"我之前就想说了，其实我们完全可以告诉他。"苏青刚想说，就被莉莉丝打断了。

"不可以！"莉莉丝语气激烈。

苏青被吓了一跳。

莉莉丝见状语气才缓和下来，她恳求般开口："真的，拜托你，他现在只信任你……准备了这么多年，我估计今生也只有这一次机会了。"

"我不能容许有任何导向失败的可能，但弥赛亚，他真的是个不稳定因素。"莉莉丝又抱住了苏青的手臂，她眼巴巴地看着苏青，"失败的话，弥赛亚可能没事。但我，还有妈妈，一定会死的，不，比死更恐怖。也许我们会被终身囚禁起来，在漫长的时间里慢慢疯掉，最后再彻底变成一个死人。"

苏青听得毛骨悚然，再加上莉莉丝希求的眼神，最后她还是迟疑地收下了这个小瓶子。

这时，从走廊那边传来了看似稳重却难掩慌乱的脚步声。

莉莉丝与苏青对视了一眼，相处多时，她们都知道这是弥赛亚找来了。

"切记，一定要让他喝下去才行。只有一次机会，今晚正好是满月之夜，我的魔力能得到最大程度的增幅。"莉莉丝临走前最后嘱咐道，"晚餐后，月亮行至半空时，我去弥赛亚的房间接你们。"

弥赛亚的出现几乎和莉莉丝的消失在同一时间。

他的脸上满是焦急，但还是敏锐地扫了一眼走廊拐角处正巧消失的袍角。

上面还绣着一朵精细的圣花。

苏青心里咯噔一声。

但出人意料的，弥赛亚什么也没说没问，只是快速走近，然后一把扶住了苏青的肩。随后他仔仔细细地上下观察了一遍她后，这才松了口气般放松下来。

苏青心虚地咬着下唇，一抬头却正对上弥赛亚担忧的眼睛。

"没有危险就好。"他笑了笑。但在与苏青长久的对视下，那双银灰色的瞳眸却在担忧中，隐隐渗出了些许濡湿的哀伤。

"我知道，你最近一直都有心事。经常和姐姐商量一些我不知道的事情。"他慢慢地说着，却莫名带着一丝小心翼翼的意味。

"其实不用特意瞒着我的，正因我是无心的怪物，所以不会产生任何不好的感觉。"弥赛亚的手慢慢下滑，握住了苏青的手。他望着苏青的眼睛，像是渴求着些什么，又像是在宽慰着什么，"如果你不想让我知道，我便不听、不看、不想。一直到，你愿意告诉我的那一天。不愿意说也可以，我会永远等待。只要是你说，我便听。我相信你给予我的一切，当然，也包括话语。"弥撒亚抬起手，指腹温柔地贴上苏青的下唇。

苏青脑子一片空白，下意识顺着那力道微微张开了口。

"所以无论怎样，不要伤害到自己。"弥赛亚力道柔和地抹去那唇上浅浅的血色。他深深凝视着苏青，带着些祈求，郑重道，"这是我唯一的请求。"

面对着这样一双眼睛，苏青抓着瓶子的手动了动，仿佛直接握着一块滚烫的焦炭，将手心烫得血肉模糊。

她突然产生一股冲动，想要把一切和盘托出。

这时你选择：

说出来

（继续阅读037页）

不说出来

（跳至 039 页）

永恒之梦

◆

苏青暗自下定了决心，面对着这样的弥赛亚，她实在是无法隐瞒。

她深吸了一口气，张口："其实，弥赛亚，我……"

后面的声音像是被堵在了咽喉中，苏青用尽全力，却只能吐出不成字句的、破碎的呻吟。

她愣了愣，随即又想要变化词句，却只要一触及这件事的边缘，就像被掐住了喉咙般，半点声音都无法发出。

甚至与此同时，她脑袋里一直混混沌沌的那个"核"，像是被什么刺激到了，晕眩与疲累的感觉同时在大脑深处肆无忌惮地蔓延开来。

放在口袋中的棋子预警式地开始发烫，却马上被另一股力量压了下去，变得冰冷。

弥赛亚察觉到了不对劲，他抚上苏青的眉眼："怎么了？你想要告诉我什么？"

"我……"苏青努力晃了晃头，眼前的世界却分出了重影，舌头也变得沉重滞涩，无法动弹。

弥赛亚一把抱住了腿软的苏青，连忙道："不对，不要说，这股力量，是月神！"

苏青昏昏沉沉地靠在弥赛亚的胸膛上，头顶上的穹顶画颜色复杂绚烂，忽远忽近。不知何处而来的清幽的香气幽缠在鼻间，迟迟不肯离去。

好像是，圣花的香味。

虚幻的不可知之地，传来了一道空灵的声音。

"扰乱命运之人，必受命运之苦。异界之人，你越界了。"

她在意识世界仿佛坠入了泥泞的深潭，不管怎样挣扎也只能无止境地下沉。

不行，我还没有告诉弥赛亚！少女努力向上方伸出手，意识却抵抗不住那股下坠的力量。

在阳光之中，苏青闭上了眼，发出了均匀的呼吸声。

她睡着了。

再也没有醒来。

苏青想了想，最终还是咽下了已经到嘴边的话。

歉疚厮磨着苏青的心，但她还是紧紧攥着那个瓶子，用力到指节青白。

她掩饰性地笑了笑："没什么的。我没什么的。"

即使眼前没镜子，她也能感觉到自己脸上的笑有多僵硬。

"咚——"

教堂中响起了一声庄严的钟声，随着风悠远地扩散到这座城堡的各个角落。

"圣子大人。"红发祭司不知何时静静站在了走廊的尽头。

他怀抱着一束圣花，唇角扬起一抹奇异的笑容，窗外黄昏的光线透过彩绘窗，落在他明亮的火橙色双眸中。

"今天是满月之日，例行的晚宴已经开始准备了，作为圣子，您该走了。"

不知为何，明明他是正对着弥赛亚说话，但苏青却总觉得他在注视着自己。

明明是灿烂而热烈的颜色，仔细看去却什么都没有。越往深望，便越像是凝望深渊。

"好的，我马上就来。"弥赛亚对着伦纳德优雅地颔首。

苏青悚然一惊，下意识后退了几步，这才从刚才那种状态中抽离而出。

这个祭司，绝对有问题！

弥赛亚的手刚离开，苏青就反手抓住了他的手。

但弥赛亚却好像误会了，他低声问道："要和我一起去吗？"

祭司仍然在那边站着，含着那奇妙的、让人浑身难受的笑意。

苏青碍于他，只能摇了摇头。

"放心，我很快就回来。"于是，他也只是这么微笑着说。

苏青只好眼睁睁地看着他向走廊尽头走去。

在弥赛亚看不到的背后，伦纳德向着苏青笑得更灿烂了。

他张开口，无声地说："神无处不在。"

苏青如坠冰窟。

不是错觉，这个祭司果真看得到她！

而且伦纳德这个名字，到底在哪里听过呢？苏青独自走在走廊上，努力回想。

回忆深处突然闪过一个同样红发的青年，当初的白之国，他曾与她有过一面之缘，原来是一个家族的吗？

虽然想起来了，但苏青却没有豁然开朗的感觉。

好像有什么更深的东西，埋藏于这个名字之下。

正在沉思着的苏青没有发现，口袋里的棋子闪了闪，其中那充斥着整个棋子的，蛛网般的银白色脉络仿佛融化了般汇聚到了一起，接着有生命似的扭成一股，试探性地碰上了棋子的边缘。

天色逐渐昏暗下来，月亮出现在了天边。在路过教堂时，空气中突然传来了圣花的香味，清幽的、纯净的，又带着丝冷冰冰的甜味，飘浮在空中。

苏青莫名产生了些困意。她眯了眯眼睛，身形晃了晃，刚想站稳，却被背后突然伸出的一只手捂住了嘴。

苏青睁大了眼睛！她刚想叫喊，那只手上却传来了更加浓郁的香味。那股困意愈加缠绵，拽着苏青的意识往下坠去。苏青缓慢地眨了眨眼睛，终于抵抗不住睡了过去。

月光洒落，映在身后人热烈的红发上。伦纳德将人平躺下放在那轮硕大的月下，微微笑着："做个好梦。"

他的手中，静静躺着一个装着奶白色液体的小瓶子。

第 4 章

倒影双生

一片纯白。

既不存在天，也不存在地。一切都在虚无之间，一切都在不可知之地。

唯有白，这绝对的、纯净的白，是这个境界的所有。

苏青睁开眼，起身，细碎的花瓣纷纷坠落在地，扩散开一圈圈涟漪。她抬头，一名少年悬浮于空中，闭着双眼，面容平静而淡漠。那是一种极致的"美"。与其说是一种固定的形状，不如说是直接传达至大脑皮层深处的一种"概念"。

而呈现在苏青眼中，就是与弥赛亚无比相似的面庞。在看到祂的那刻，苏青瞳孔放大，无数回忆与思维潮水般蜂拥而来。她一瞬间想起了一切。

"你是月神？露纳？"苏青仰望着，声音像是泡沫般飘忽在空中。

祂从空中降下，脚尖点落平面，扩散开一圈轻微的涟漪。

"吾正是此界之月神。"祂仍是闭着眼，声音空灵缥缈，"异界之人，你身上有来自更高维存在的气息。但你已经干扰了他人的命运，进而让整个世界发生了错位。"月神的声音无悲无喜，只是单纯地叙述道。

苏青鼓起勇气，反驳道："但那原本就是错的！弥赛亚本可以拥有更好的生活！而不是变成之前那个样子。"

"他本就拥有最好的生活。"月神淡淡地回答道。

"那种生活能叫好吗？就像个机械似的根本不像个人。"

"'像人'还真是只有人类会拥有的评判标准。毫不羞惭地将自身作为标准，人类也还真是个傲慢的种族。"月神合着眼睛，却仍像是在俯视着苏青。

"弥赛亚将为王。"月神平板地说着，"他将加冕，与吾同享永恒的力量与智慧，成为超脱于人的半神，也将成为最完美的王。"

"那他自己呢？他成了完美的王了，弥赛亚这个人呢？"苏青质疑道。

"正因他是弥赛亚，原本在他的命运线上，他不会产生任何悲伤或者愤怒的负面情绪。他将以王为信标，也终将成功。他与他的命运无比契合，一切皆恰当如满月。"月神落下来，轻盈地站在苏青的身前，"但你扰乱了他的命运。他完满的心产生了罅隙。"

祂"凝视"着她。

"情绪是一剂猛毒，他将蒙受更多苦难，于自我中挣扎，而这一切，他本不必经受。"

月神偏了偏头，像是产生了些许好奇。

"你真的觉得，这样对他是更好的生活吗？"

苏青哑口无言。

"人类啊。"月神轻轻叹息道，手指抬起、按下，像是抚摸着一根无形的琴弦。

"你们在人世间挣扎，顺着时间的长线，无法回头地一路向下，从生，到死。大部分人只是在无趣地重复、消耗，就这样毫无意义地走向湮灭。你们被时空所束缚，不过是囚于方寸之间，无法抵抗的蝼蚁罢了。"

苏青忍不住回道："那你这么厉害，不还是得指望弥赛亚当王？现在几乎所有神都没了，如果没有人信仰你，你也迟早一起消失。神不也是被时间束缚的蝼蚁吗？"

话一讲完苏青就下意识往后退了退，差点忘记这是人家的地盘了，这月神不会恼羞成怒吧？

但月神还是那副平静无波的样子。

祂微微抬起头，闭着眼，像是在"看"苏青，又像是在"看"更远的地方。

"吾……是月亮。"祂淡淡地说，"从前，吾只有依靠着兄长的光辉才得以明亮。现在，吾也只能依靠着人类的辉煌而幸存。"

苏青怔怔地看着祂。

"扰乱命运之人，必受命运之苦。异界之人，切莫再越界。你的性命，皆系于此上。"月神转过身，"你可以回去了。"

脚下突然空出了一块，似曾相识的失重感骤然出现，苏青穿过层层的云雾向下坠落。

在彻底落下前，苏青终于还是问出了最后一个问题。

"月神，你的眼睛，是怎么回事？"

"吾因盲目，而犯下刺伤兄长之罪。"月神露纳的眼睫颤了颤。

苏青在下落中，看见祂的唇轻启。

"所以为了惩罚，而剜去吾之双眼。"

教堂的管风琴突然奏响，钟声也一齐响起，沉重肃穆之音震撼人心。

苏青猛地睁眼。眼前，是映于整面彩绘玻璃之上的，硕大的月。

月神的声音仍回响在耳畔。

"吾之眼坠落于人间，便是你们人类所称之为的——"

"圣花。"

苏青望着那轮月，喃喃道。

　　教堂的窗台上，纯净圣洁的圣花静静绽放着。一阵风来，送来一阵清幽的香气，带着丝冰冷的甜。

　　苏青艰难地动了动脖子，在那短暂的通灵后，她的身体软麻无力，连动一下都勉强，怎么也使不上力气。

　　她的大脑仍迟钝地沉浸在那片花香中，完全无法思考。

　　夜凉如水，月亮洒下满地银辉。

　　一只脚踏上那月光，踩碎了一室寂静。那人一步接一步，不急不缓地向苏青走来。

　　苏青视线上移，正对上伦纳德橙红色的眼瞳。

　　他好像无时无刻不含着一种戏谑、打趣般的笑意，那看似极热烈的色彩浓郁至极，但所有加诸其上的观感，都只是看者自身的想象罢了。

　　不是冰冷，也不是漠然。只是空空荡荡，什么也没有。

　　苏青哑着嗓子问道："你到底是谁？"

　　伦纳德勾了勾嘴角。

　　他走到那轮月下——那是他平时宣讲教义的地方。

伦纳德抬头，平日那副宁静虔诚的表情完全变了。

他挑起眉，饶有兴味地注视着那轮月。

"你猜，我是谁？"

他微微转过脸，火焰似的双眸却在这斑斓的冷光下显出异样的邪谲。

那莫名熟悉的语气和声音。苏青强撑着大脑飞速转动，无数细琐的细节被一一串联，那个被反复拎起又不得解的名字在一团乱麻中猛然浮出水面。

"伦纳德，你是伦纳德（lunard）！"苏青恍然大悟，"露纳（luna）与阿诺德（anord）相叠加之后的变形。你是、你是日神？"

"嘘——"伦纳德微笑着将一根食指压在唇上，"神明皆死，现在唯留的，只能有一个月亮。他应该很孤独吧。"他向上凝望着，张开手臂，像是要去拥抱那轮冰冷的月，"我与他，本是同根同源、一体双心，但堕落的，却唯有我。"

他突然转头，在看到苏青的那一刻，眼中涌起昭然若揭的恶意。

"为何？只不过是区区的蝼蚁，却妄图拯救另一只蝼蚁。"伦纳德一字一顿，像是要把字句嚼碎，"你那弥赛亚可是分毫都感觉不到，真是可笑至极。"

"我相信他。"

苏青仍是全身无力，但仍然眼神坚定。她深呼一口气，缓缓地说："我相信弥赛亚，他只是稍稍笨拙了一些。但无论多少次，我也会想要救他，没有任何一个人连选择的权利都没有，就必须一无所知地忍受命运。"

苏青抬起头，毫不相让地与伦纳德对视。

"我确实是人类，但是，感情是能唤起感情的。"她说，"所以，我也相信同为人类的他。"

伦纳德与她对视，那眼神浓烈而复杂，一切都在那双太阳似的双眸中熊熊燃烧。很快，苏青的身体仿佛自骨髓深处燃起一股热浪，陡然间便驱散了那股困软的寒冷感。她一撑地面站了起来，却晃了晃没站稳。

脑子昏昏沉沉，在模糊的视野中，满月高悬于空，映在苏青眼中的冷夜，突然被火焰的颜色点染得通红。

无数声音瞬间涌起，将寂静吵嚷成一片嘈杂的喧哗。

"起火了！"

"大小姐和夫人不见了！"

"圣子呢？！圣子也不见了！"

"是魔女！她是魔女！魔女掳走了夫人！"

苏青猛地回头，看向微笑着的伦纳德："是你？"过往的细节纷纷浮现于脑海中，她想起了无数个被她忽略的片段。房间上的圣花、莉莉丝手上的圣花、袍角上绣着的圣花，那是月神的眼睛。

在莉莉丝想要挣脱出命运的束缚时，神明的眼睛却永恒地注视着一切。

伦纳德轻笑着说："我当然知道，因为祂的双眼，是吾剜下来的。"

苏青被惊得倒退了一步，但随即她咬了咬牙，撑着勉强的身体，擦过伦纳德的身边，向着走廊跑去。

她昏迷了，所以弥赛亚没有喝下那瓶药，莉莉丝会怎么办？打晕带走他？

还是，直接放弃了他呢？

伦纳德没有阻拦，他看着苏青的背影，在擦肩而过的那一刻幽幽道："只要露纳想要的事情，吾都会帮他做到。当然，包括将命运重归正轨。"

苏青恶狠狠地瞪了他一眼，没准备理这个莫名其妙的疯子。

"不过，异界者，注意你的【棋子】，那是你唯一的机会。"

后面的话隐没在风声中，苏青扶了一下墙，跌跌撞撞地向走廊深处跑。

火势从这座宫殿的另一边燃起，焚烧着无数织物、木材、纸画……无数人都在救火，但火势仍然越燃越猛。

无数人半搂着衣服，抓着财物宝石，尖叫着从另一边跑来。那是弥赛亚所住的地方。

苏青艰难地扒开人群，焦急地向前。弥赛亚，你到底在哪？

人流愈少，但有不少侍者在灭火，苏青看到那冲天的火焰，火舌迎面而来。

有人在高声呼喊："圣子还在里面！"

听到这话苏青脑子嗡地一响。

她没有分毫犹豫，直接冲向了火场。

"弥赛亚！"苏青咳嗽着，大声呼喊，"弥赛亚！"

她奔跑着，所有的一切都在熊熊燃烧。

纯白的绒毯，优美的挂画，连穹顶上天使的脸庞都被火舌吞噬。

终于，在走廊深处的尽头，那根幼年莉莉丝曾坐过的灯架下，苏青看到了靠墙蜷缩着的弥赛亚。

苏青一个箭步上前，半抱起了他，但因力气不够，又往下一坠。

弥赛亚原本闭着眼，被这一颤，终于缓缓睁开了眼睛。

他的眼睛原本满是黯淡，在看到苏青的那一刹那亮了起来，流光溢彩，仿佛漫天星空皆入他的眼中。

"是你。"他凝望着她的眼，像是从来没有看见过似的。他紧紧地抿着唇，仿佛在努力克制着莫大的、令他不知所措的感情。

"莉莉丝呢？发生了什么？她把你一个人丢在这里？"苏青连忙问。

"我知道了全部。但我，是主动要留下的。"弥赛亚慢慢地说着，"她们离开我，这很好。我必须留在这里，但我想让她们走。"

"姐姐也同意了，但是，我还以为她相信了我。"他的脸上显出一种茫然无措的痛苦，像是第一次面对世界的稚子，对这种情感一无所知，却本能地、发自内心地感到痛苦。

"她给我喝了药。我可以接受的，我全都可以，但是，又为什么要放火呢？"

他断断续续地说着，握住苏青的手，像是想要汲取力量，又像是落水者紧紧抓着唯一一棵浮木。

不是！那不是莉莉丝放的！那是……

苏青刚想说话，那股如影随形的窒息感便接踵而至，死死掐住她的咽喉。

"这就是，你跟我说的，自己的感情吗？我的母亲、我的姐姐，还有你，你们都对我抱有这样类似的东西吗？"弥赛亚捂着心脏，从喉管深处发出了疑惑的声音。

"可是为什么，会这么痛苦？"

苏青无法回答，只能更用力地拥住了弥赛亚。

是我的错。她在心中无声地尖叫着。这一切都是我的错。

我是个过于傲慢的人，不顾你的意愿，自作主张地插手你的人生。

但是弥赛亚却凑了上来，他伸出手指，小心翼翼地抹去了苏青眼角的泪水。

"不要哭。"他颇为生疏地说着，蹙起眉与苏青对视。

"看到你的泪水，我比刚刚还要痛苦万分，一想到你也许也怀抱着这样的东西，又让我更加痛苦。"弥赛亚温柔地反手拥住了苏青，声音微哑。

"这也许，就是喜欢？或者说，现在的我，还配不上这类'正常'的词汇。"他拍了拍苏青的脊背，甚至带了丝恳求："我会更加努力地去喜欢你的。但是你不要不喜欢我，好不好？"

苏青心中酸涩难言，又忍不住破涕而笑。

"这又不是我说了算。"在漫天火光中，她带着泪光笑道。

这一幕光景倒映在弥赛亚淡色的银灰色瞳眸，为他晕染上了一层暖色。

他怔怔地看着这一幕，又捂住了心脏。

"如果，爱是如此的话。"他轻轻地说，声音几近于无，"那么我希望，你也能爱我。"

外面又吵嚷起来了，似乎是追捕莉莉丝的骑士们回来了。苏青一时没听清："弥赛亚，你说什么？"

弥赛亚笑着摇了摇头，只是带着苏青站了起来："我们快出去吧。"

在出去追捕的骑士队们回来后，宫殿的火很快被扑灭了。

弥赛亚问归来的骑士："怎么了？"

骑士们都义愤填膺："圣子大人，是那个魔女挟持着夫人想要逃跑！幸好我们早就接到消息，这才提前有了准备，另外分了人去堵她，不然还真被她成功了。"

弥赛亚眼神沉了沉，苏青也心下一凉。

"虽然还是被那狡猾的魔女跑掉了，但还好，我们把夫人带了回来……"

天光已经有些蒙蒙亮了，有几个骑士扛着个类似担架的东西，上面平躺着闭着眼睛的洛莱夫人。

在路过弥赛亚时，她突然清醒了一瞬，伸手抓住了他的手。

但她什么话也说不出来，只是用那双淡到夸张的瞳眸，凝视着弥赛亚。

良久，弥赛亚点了点头。

洛莱夫人笑了。她又重新闭上了眼，但脸上还挂着笑意。

骑士们都离开了。

"妈妈……让姐姐抛下了她。"弥赛亚轻声说。

苏青望着逐渐泛白的天际，唏嘘不已。

这一年，"魔女"莉莉丝叛逃。

洛莱夫人似乎之后便很少有清醒的时候，她被囚于宫殿深处，不许任何人探望。

一切，皆如曾经的历史般推进，一般无二。

第⑤章
奉献之歌

日光倾落，苏青停下脚步："我来，是因为我已经想好了。"

伦纳德侧头："他知道吗？"

苏青不答，只是伸出了拳，然后张开了手。

在充足的光线中，透明的棋子更显得澄澈清灵，其中的银白色触状物在经过上次的通灵后已消失不见，棋子通体透亮，折射出漂亮的琉璃色光泽。

"你上次说的，是真的吗？"苏青突然问。

"明明你自己也感觉到了，又何必再问我一遍呢？"伦纳德叹气，"没错，那白色是月神神力的具现化。本来祂是不能轻易跨越此与彼的界限的，但你的【棋子】凝冻着祂的魔力，相当于一个媒介，祂便可以此直接影响你。"

"本来它已消耗一空，但随着待在这里，时间的流逝，它便又会积攒起来，是吗？"苏青盯着那枚棋子。

"是的，这里到处都是祂的力量。所以，如果你想做什么，"伦纳德意味深长道，"现在就是唯一的时机。"

"又是，唯一的时机吗？"苏青对着棋子发了会儿呆，又把它收了回去。

"我没有骗你的必要。此时在这块大陆上，神本就该唯留露纳一个，我是命运交错下苟延残喘的，错误的存在。"伦纳德轻描淡写道，"本来这具肉身即便身死，我的后代也会将这血脉传承下去，但是，如果你达成了你想要的事，这条时间线大概会被彻底改写吧。"

"那你会死？"苏青问。

"时间像一匹精细华美的织物，只要一处变化，便会随之全部改变。"伦纳德轻描淡写，"我也许会消失，也许不会，谁又知道呢？"

"而且，你真的想好了么？虽说命运是脆弱的，但它同时也坚韧无比。不论你怎么努力，等到圣子加冕时月神亲至，只要他接受了那个力量。"伦纳德勾了勾嘴角，"他就仍然是那个命定的完美之王。"

苏青沉默了一会儿，转身。

在她快要出去时伦纳德叫住了她。

苏青：嗯？

伦纳德手指交错抵在下颌上，在阳光浸泡下，本就炽热的双瞳更加闪闪发亮。

"如果要问我为什么帮你，可能是因为我在你身上，看到了你我之间相似的命运。我们都是追逐着明月之人。"他与苏青对视，却像是透过她的眼瞳，看向了更久远的地方。

"祝你如愿以偿。"良久，他说。

在苏青彻底离开后，教堂重归寂静。

她到的时候，弥赛亚正在处理政务。

真是忙呢，明明还小啊……也不算小了吧。而且，毕竟是圣子，还是"命定之王"呢。

苏青扶着门框，看向靠窗坐着的弥赛亚。

只是短短一两年，少年的他眉目之间已经很有那种沉稳又温和的气质了，散发着令人安心的气息，依稀可以看到当初白国王的影子。

但苏青不知是否是自己的错觉，现在的弥赛亚，似乎比初见时更加柔和？

阳光下，他白皙的皮肤通透得像一张盛了水的白纸，眼睫纤长，像是一只展翅欲飞的蝴蝶。

"啊，苏青，你来了。"他抬起眼眸，有些惊喜，浅淡的银灰色瞳眸中溢满了笑意。

长大了呢。苏青不禁感叹道。明明只是短短几年，却好像已经过了很久，只是时间还是太短了啊。

"弥赛亚。"苏青微笑道，"要不要一起出去走走？"

"好。"他丝毫没有犹豫，放下了手上的政务，温声应道。

现在是南大陆的春天，阳光和煦，春风柔软。

一缕风从遥远处吹来，卷起了苏青发上纯白的缎带。

苏青刚发出惊呼，那根缎带便被一只素白的手攥住了。

弥赛亚抚平了上面的皱褶，将它递了过来。

"真好看，很适合你。"他说。

"嗯。"苏青笑了笑，"是别人送给我的。"

弥赛亚看了她一会儿，笑道："是姐姐吗？"

"啊，是。"苏青有些小尴尬。

"没事的哦。其实这些时候，我也会想，我和姐姐在某种意义上，还真是很像呢。"他看向碧蓝的天空，轻轻说，"我们都是，想要拯救谁，却又谁都没能拯救，如果不抓住些什么东西，就没办法活下去的人吧。"

"我们的王说什么呢。"苏青拍了拍他，"你把这话拿去跟你的臣子们说说看？"

弥赛亚虽然没有正式加冕，但已经成了领主。这些年，他用迅速到令人惊讶的速度，以武力与怀柔兼济的手段吞并了南大陆一半的领地。他仿佛天生就对政治有着极佳的敏感度与天赋，行事优雅而磊落，不少一开始不情不愿的领主后来也心甘情愿地俯首称臣。

他摇头笑着，温柔地用缎带挽起苏青的发，白色的蝴蝶结轻巧地在风中轻晃。

"我说啊，弥赛亚，你当王，会觉得累吗？"苏青问。

"如果是以前的我的话，估计连'累'为何物都不知晓吧。"弥赛亚笑了下，"现在的话，嗯，有些瞬间，还是会感觉疲累的。但是，即使是疲累，我果然还是想让所有人都能过上幸福的生活。"

弥赛亚弯起眉眼，望向远处正怡然生活着的居民，露出了一个发自内心的笑容。

苏青怔怔地看着他。

弥赛亚这时低下头来，光影交错中，他的眸子由光转向暗，他定定地与苏青对视，突然开口。

"其实，我也想过。"他的脸颊慢慢浮起淡淡的绯红，"不去当王，而是像诗歌中的骑士那样与自己的恋人逃离世俗的一切，彼此陪伴，走遍这个世间。"

"我也幻想过那些场景——每当夜空中星辰闪耀，我便想在你的窗下唱歌。"弥赛亚耳际也漫上绯红，他掩饰性地咳嗽两声，试探性地握住了苏青的手。

苏青没有松开。

她只是凝视着他的眼睛。

"弥赛亚。"她说，"我要走了。"

苏青难以描述那一刻弥赛亚的眼神与表情。

仿佛万物湮灭，宇宙坍塌，一切光源就此熄灭。

苏青心下一痛。她闭了闭眼："抱歉。我失约了。"

弥赛亚沉默了很久。

他握着苏青的手也渐渐冰凉，他慢慢松开了那只手。

"不用道歉，你永远不必向我道歉，能够遇到你，一直是我额外的幸运才对。"弥赛亚眨了眨眼，那淡色的瞳孔中似乎有水光闪烁。

他粲然一笑，唇色却浅淡得像干涸的百合。

"不过，我还有今生最后一个请求，可以请你答应我吗？"他执起苏青的手，仍像是小时候那样，将下颌抵在她的手背上。

苏青忍着眼泪，点了点头。

"我一直以为，我此生的意义，唯有为王而已。但是你的到来，让我拥有了名为'自我'的裂缝。"他缓缓道，无比真诚。

"即使离去，你仍然会是我存在于此的信标。"弥赛亚抬起眼眸，祈求般说道——

"只有一天也好，请让我成为您的骑士。"

教堂。

苏青再一次站在了那轮巨大的月下。

天色已近黄昏，暧昧不清的晕色透过斑斓的彩绘玻璃，投射于此处。

苏青一身白裙，手执弥赛亚的佩剑，剑尖置于他的颈侧。

弥赛亚的白袍上银色的肩甲闪了一下，他半跪在苏青的身前。

他低着头，缓缓开口，低沉的声音流淌于这个寂静的空间。

"谦恭、正直、怜悯、英勇、公正、牺牲、荣誉、灵魂，

我发誓善待弱者，对抗暴行，

我发誓为一无所有之人战斗，

我发誓将拯救向我求救之人，

我发誓——"

弥赛亚突然抬头，凝视着苏青的面容，咬字中仿佛蕴含着无限留恋与真挚。

"将对所爱，至死不渝。"

苏青与他对视，一瞬间她真想抛下一切，痛痛快快地哭一场。

但她没有。

她只是抿了抿唇，送出了自己的祝福。

"愿你……总能达成所愿。"

礼毕。

弥赛亚的眼中仿若有千言万语，但张了张口，还是闭上了。

"走吧。"苏青说。

在浓郁的暮色中，弥赛亚离开了。

今天的夕阳似乎格外鲜艳浓重。

苏青被浸泡在暮色中，她独自站了一会儿，拿出了棋子。

"如果说，早晨属于太阳，夜晚属于月亮，那么黄昏，一定只属于人类。"

她握住那枚棋子，喃喃道。

棋子在她的手心口渐渐浮起，悬停于半空中，发出柔和的白色光亮。

"你会死。"露纳的声音仿佛从幽远处传来，直接在苏青的大脑深处响起。

"人类无法违逆时间——这是独属于神的力量。即使你身上有着更高维度的气息，一旦你越出既定的轨道，身体就会彻底崩解，这点，你应该已经体会到了吧？如果再来一次，这次崩溃的，就是你的灵魂。"

"这种事，我当然早就知道啊。"苏青静静道。

"为什么？"露纳惯常平板的声音难得有了些起伏，"吾明明设定了最圆满的结局。对于人类，他们拥有了最好的王；对弥赛亚，他将超越人类，达到永恒；对于吾，也能继续存在于此。人类，你费尽力气、花费生命，只是为了做无用功吗？"

"可能因为，我毕竟是个人类吧。"苏青叹了口气。

"正因为我是个人类，才会傲慢地觉得，情感，是一件十分好的东西。弥赛亚以前虽然不会被悲愤伤害，但也再也没有机会体会喜悦与爱。"苏青笑了笑，"反正我就是那种宁愿冒着被割得鲜血淋漓的风险，去舔刀尖上一点糖的人。人类之间互相理解如此困难，我便只好推己及人，再加上一点点自以为是的观察，想要自作主张地拯救他。"

她抬起手，棋子放出的光芒便更加明亮，几乎盖过了一室亮色。

"我当然也是考虑过的，不如说，我想了很久，我不是一时热血冲头，而是审慎地思考后，无比平和而认真地想要去做这件事。"

"也正因为我是个被囚于时间之中，蝼蚁般的人类。"苏青笑容飞扬，"所以才想要偶尔一次也好，跳出这个牢笼吧。"

棋子的光芒大盛。

"至于无用功嘛。"她一把攥住了棋子，眨了眨眼睛，"不试试怎么知道？"

棋子的光芒愈加强烈，终于在苏青握住棋子的那一刻，彻底吞噬了她。

强光一闪而逝。

风吹过空荡荡的教堂，唯余一声叹息。

伦纳德从角落处绕了出来，伸出手，一条随风飘摇的白色缎带落在他的手掌上。

"人类啊。"他悠悠地感叹道，"真是充满了牺牲的、愚蠢的种族啊。"

在经由棋子的力量搭建起来的纯白的长廊中，苏青尽全力向前跑去。

她已经想好了。既然无论如何改变，都改变不了弥赛亚将来被加冕时"同化"的命运的话，就直接改变未来！

身后的长廊不断崩塌，苏青一个跳跃，惊险避开，身周属于弥赛亚的片段画面不断变化，苏青看到属于他的领地不断增多，越来越多的人聚集在他身边，无数民众高呼着他的名字。

他越来越繁忙，属于弥赛亚个人的时间越来越少。

但他仍然会在每一个黄昏中，轻声呼唤着同一个名字。

苏青眼睛一酸，憋了许久的眼泪终于忍不住掉了下来。

但很快，她抬手擦去了眼泪，露出了一个清爽的笑容。

不行呢。她心想，要笑着去见他。

苏青向前全力奔跑，终于，她远远望见，在这段路的尽头，是她想要的那个时间节点的碎片——弥赛亚披着一身雪白的王袍，内里是繁缛华丽的纯白贵族礼服。

王座之下，万众欢呼。弥赛亚独立于众人之上，原本烈日高悬的天空突然出现了月亮。

在众人惊讶之际，奏乐之声从天空中传来，月神露纳手托冠冕，倾身而下。

就是这里！

苏青几步助跑，奋力扑向那个飘浮着的碎片。

弥赛亚俯首，在那个冠冕接近时，眼中隐隐开始闪烁着银色的光芒。

但很快，他好像想到了什么，猛地抬起头，这让露纳的动作停滞了一瞬。

这时，苏青的手臂穿透了一层无形的隔膜，抓住了那个冠冕。

力量的传输顿时被外来的力量干扰，露纳的身形虚无了一瞬，祂松开了手。

苏青出现在了万众瞩目的天空。

在弥赛亚不敢置信又惊喜的瞳眸中，银色的光芒在剧烈地波动后，沉淀为了跟苏青身上类似的白色光芒。

那光芒温和地闪烁在眼底，就像是弥赛亚的笑容。

时空剧烈震颤起来——两股非同常规的力量在此处冲突、对撞。

露纳深深地看了一眼破开时空而来的苏青，身影渐渐淡化、消失。

苏青的身体也在崩解消散。

但她仍笑着重新托起那冠冕，将它郑重其事地安放在弥赛亚的头上。

"我的骑士，我来了。"她歪着头看他，随即给了他一个拥抱。

弥赛亚激动地回抱她，却只揽了一个空。

苏青笑了笑，在他耳边轻声道："遵照约定，我来救赎你了。"

在弥赛亚还在愣神时，苏青的身体已经彻底消散于空中了。

弥赛亚茫然地站起。

底下的民众距离太远，只能看到王头戴冠冕，立于高处。

于是他们开始大声地欢呼，疯狂于神迹的显现，庆贺王的加冕。

掌握着统一了整个南大陆的白之国的新王，终于诞生了。

在一片欢喧中，孤独的王按着心脏，泪如雨下。

沉眠中的苏青皱了皱眉。

系统重启中……失败，开始自检……自检完成，第二次重启……重启成功！

叮！

检测到宿主陷入无意识状态，加载唤醒措施，生物电流刺激准备中……准备完成。

开始唤醒！

苏青突然猛地睁开眼。

还没等她反应过来怎么回事，她的身体就被温柔却又急迫地抱了起来，随即，一具身体贴了过来。

苏青眯起眼，模模糊糊地看见身周散落的白色长发。

"我很想你……"弥赛亚紧拥着她，苏青艰难侧头，只能看见他无瑕的侧脸，和眼下那一点泪痣。

"这一次，不要再失约了，好吗？"

苏青想笑，努力了半天却没办法勾起嘴角。

于是她艰难地抬起手，拍了拍他的脊背。

"当然。"她听见自己说。

苏青口袋中的棋子滚落，阳光下，原本纯澈透明的棋子，已经变成了象牙似的，纯粹的白色。

太阳神阿诺德持有三块永恒的宝石。

一为变化、一为计谋、一为爱。

但在那场令众神失色的意外中，

那块名为"爱"的宝石也被一并击碎，

碎裂的粉末融入了人间的各处各地。

所有的爱，由此伊始。

所有的纷争，也由此伊始。

——《月典》

白之国·尘埃落定

第 6 章
纯白的终章

阳光倾洒。

漫长而光线充盈的走廊，因落地式的彩绘玻璃而柔和了些许，显现出一种温柔斑斓的梦幻感。

苏青一身纯白色的长裙，裙摆边缘处缀着云似的纹饰。她端着个瓷盘，脚步轻快。

"啊，是苏青小姐。"

"贵安，今天的天气很好呢。"

"苏青小姐，早上好啊！"

一路上遇到了不少人，有平民也有贵族，都在看到苏青时打了招呼。

苏青也一一微笑着颔首回应，在靠近一个特定的房间时，脚步更加轻快了。

她抬手，敲了敲门。

"请进。"弥赛亚温和的声音从门后传来。

苏青一进门，就正对上弥赛亚含着笑意的双眸。

他的白发垂落在脸侧，和那神赐的容貌一齐，在充足的阳光中浸泡得剔透而美丽。而那双浅淡的银灰色瞳眸像是一潭清澈见底的湖水，其中细碎充盈的笑意，便是那粼粼的波光。

苏青也情不自禁地笑了起来。她将手中的瓷盘放在桌上，轻松道："今天政事不是很忙吗？"

"你一敲门，我就知道是你了。"弥赛亚笑着站起来，自然而然地将苏青按到椅子上坐下。

那桌子上全是些极其重要的政务文书，大大方方地摊开在苏青眼前，随眼一瞥就全是些重要关键词。

苏青看了他一眼，弥赛亚像是什么也没察觉，就只是笑着看着她。

苏青好笑地摇了摇头，将那个盘子推到他面前："尝尝看这个。"

白净的瓷盘上，是以蜜糖浇淋的雪糕布丁，旁边点缀着翠绿的叶片。

"快试试，这次我尝试了好久才做出来的。"苏青期待地看着弥赛亚咬下第一口，紧张道，"怎么样？"

弥赛亚闭上眼感受了下，十分认真地点了点头："好吃。"

"然后呢？"苏青眨了眨眼睛。

"嗯，凉丝丝的口感和清甜的奶香相结合，是一道十分适合这个时期的甜品呢。"他笑起来，眼下的泪痣也生动起来，"估计很少有人能拒绝它。"

但是苏青明显没得到想要的回答。她追问道："那你呢？你喜不喜欢？每次都是这个回答，你到底喜欢什么食物？"

"啊。"弥赛亚眼睛微微睁大，愣了愣，"身为王，不应该有偏私的口腹之欲……"

"又开始说这种话了。"苏青威胁性地捏住了他的脸颊，"我劝你

好好想想。"

弥赛亚刚接触到苏青的眼神就把话咽了下去，明显陷入了冥思苦想中。

"还真是个困难的问题。不过，果然我还是觉得，"他凝视着苏青，粲然一笑，"我喜欢你喜欢的一切——当然，也包括食物。"

苏青脸颊上薄红，嘟嘟囔囔地收回手："这个算什么回答嘛！"

弥赛亚在椅子旁半蹲下来，脱下一只白手套，眼睛向上注视着她，将那只手试探性地搭上苏青的手背。

苏青一翻手腕，牵住了那只手。

弥赛亚也慢慢脸红了，他分开手指，两人指侧的皮肤暧昧而缓慢地相互摩擦，然后指根相压。

十指相接。

空气中弥漫着莫名的气氛。在温暖的阳光中，两个脸上绯红的人对视了一瞬，又各自偏开头。

但手却没有放开。

可能是为了缓解气氛，弥赛亚咳了一声，轻声问："那么，你喜欢什么呢？"

"可能是甜食吧。"苏青在心里默默想，可能还有可乐，但在这里也就只有梦里才能想想了。

"其实不是，算了，也没事。"弥赛亚无奈地笑了笑，他站起来，仍握着那只手，另一只手搭在了椅背上。远远看去，像是虚虚地将人环抱在了怀里。

"下次，让我也来一起试试吧。"他说，"做甜食。"

"真的？"苏青有些惊喜，但随即又想到了什么，担忧道，"但是，最近看你的政务好像越来越多了，时间够吗？"

"因为最近在准备和黑之国和谈，所以要处理的事稍微多了些。"

弥赛亚眨了眨眼睛，"所以偶尔，也要让我放松一下吧。"

看着弥赛亚那笑意盈盈的眼睛，苏青不禁笑着点了点头。

"不过，和黑之国和谈的话，真的没关系吗？"她想了想黑之国一向的行事作风，还有那位杀伐果决的黑王，担心道，"那边肯定会提出不少要求吧？"

"那是没办法的事。但是，我有自信可以争取到最好的结果。"弥赛亚垂下眼睛，本就纤长的睫毛落下一小片浓密的荫翳。

"曾经的我，只觉得那些于前线死去的人民，是必要的牺牲……"他轻声道，"但现在的我，却不能再对此无动于衷，一定还会有别的办法。但那些无辜流淌的鲜血，无法想象，他们的家人，还有恋人，在得知他们的死讯时，又该是怎样的痛苦？"

"我曾经以为，我身为白之国的君主而存。那么，将白之国建为一片净土，达成永恒的荣耀，是我毕生仅有的使命。"

弥赛亚凝视着苏青，慢慢道："但现在，我已明白。这世上，只有痛苦是平等的，没有任何一个人，应为另外的大多数牺牲。"

"正因为爱你，我才真正拥有了爱人的能力。"他弯下腰，还是像小时候那样，将下颌抵在他们交缠的手上，面容平静而柔和，让苏青想起油画中悲悯的圣子。

但那悲悯不只是单纯的、神圣的意味。它渗透着某种经历的苦痛，不是人向神的虔诚的祷告，而是一个人向另一个人坚定起誓的誓言。

"死去的人已无法召回。但是我将承担起所有子民的苦难，带领着这个国家前行，这是我身为王的责任。"弥赛亚的眼睫微颤，他低头，在苏青的手背上印下一吻。

"这也是我身为你的骑士，向你的证明。"

如果可以的话，真希望这样的日子能一直持续下去。

苏青晚上躺在床上的时候，如此想着。

但是麻烦总是不期而至。

叮！

苏青被突如其来的系统音吓了一跳。

系统自从重启后就一直没动静，这时候突然不声不响地诈尸了。

> 主线任务：帮助白之国取得战争胜利／因不明原因进度中止。
>
> 现重新更新主线任务：修复此世界的裂缝。
>
> 提示：此任务为终极任务，一旦完成，所有"玩家"将即刻返回原世界！

"世界的裂缝？"苏青喃喃道。

她努力回想，终于从记忆深处挖出了刚开始进入棋盘空间时的记忆。

那时，那个自称"系统主管者"的人似乎也说过，他们这些异世界的"玩家"被系统选中进入另一个世界，所有的任务归根到底都是为了修补世界的缝隙。

但是这突然更新的主线任务没头没尾，连个线索也没有，只是单单一个模糊的目标，又该怎么去完成呢？

而且，还有一个问题。

"系统。"她问，"是完成了任务后，就必须立马返回吗？"

系统过了很久才回答。

【不是。可以选择是否返回。】

"那可以带人吗？"

【非玩家身份的本土居民，在世界转移的过程中可能会迷失于时空乱流中，请谨慎选择。】

"这样啊。"苏青叹息。

她想了一会儿，下床，拉开了窗。

窗外的星星细碎地闪烁着，可能因为离天空近，夜色格外澄净。

让人想起某人的眼睛。

王城中各家各户人家中透出烛火的光，与星空交相辉映，映在苏青的眼瞳中。

"那就没办法了。"她扶着窗框，轻叹道。夜风悠然而来，吹起她的发梢。

"本来之前也做好有可能永远留在这里的准备，但不知道为什么，真正到这个时候，还是有点惆怅。"她有些感怀地笑了笑，"果然，我还是留在这里吧。"

"但是，那个世界的裂缝听起来不是可以放任不管的样子。"苏青想，"即使不是为了完成任务，也要想想办法解决吧？"

这时你选择：

找弥赛亚商量

（继续阅读070页）

自己调查

（跳至076页）

苏青想到了弥赛亚。

不管怎么说，他也是白之国——南大陆的王。对于"世界的裂缝"这种异常情况，肯定会知道一些的吧？

但不知为何，弥赛亚好像越来越忙了。

是和谈的事情还没有处理好么？

苏青等了几天，却发现这种情况不仅没有减缓，反而还加重了。

——她见不到弥赛亚了。

而且，不知道是不是她的错觉，总感觉弥赛亚好像在躲她？

明明几次都找不到人，但是总当她察觉到视线时，猛一回头，总能在各种地方"碰巧"看见他。

有时候是在走廊上和一群大臣擦肩而过，有时候是在与仆人谈话，有时候是在与下属的骑士比试剑术……

有一次，她没有直接回头，而是借着彩绘玻璃的倒影看过去，才发现弥赛亚在一个角落静默地凝视着她的背影，眉头蹙起，那眼神含着无数复杂的情绪。

但那眼神只是一闪而逝，苏青刚透过玻璃与他视线相接便被发现了。

然后，他也只是不发一言，转身走了。

"怎么可以这样！"苏青鼓起脸颊，抱着抱枕愤愤不平地拍了两下。

"虽然我也知道他一定是发生了些什么。"她搂紧抱枕，"就算我可能帮不上忙，但起码也可以跟他分担一点，明明都看到了，扭头就走算怎么回事嘛！"

苏青在床上滚来滚去。

"恋爱好难……"她叹气。

躺了一会儿，她好像想了很多，又好像什么都没想。

最后，她脑子里的画面定格在了早上听见的仆人间的聊天。

"听说这几天，王城都停止接收外面的人了呢。和黑之国打得这么厉害，也不知道现在外面的情况怎么样啊……"

果然还是发生大事了吧。

苏青咬了咬嘴唇，最后还是无奈地下了床，弥赛亚总不能不睡觉吧，白天不好打扰他，晚上他总不能跑了。

不论有什么事，说开就好了。她这么想着，刚一打开门，却被吓了一跳。

"弥赛亚？！"苏青惊讶极了。

月光下，弥赛亚白色的长发垂在脸侧，一身装扮整齐妥当，腰间还配着佩剑。听到苏青的声音后，他骤然抬头，对上苏青的视线，眼睛微微睁大。

看着他瞳孔中突然怔住的茫然，苏青本来就没生出来多少气的心一下子又捏紧了。

"你在这里干什么？"她一步上前，抓起他的手，"你站了多久了？"

"我一直在这里。"弥赛亚怔怔地看着苏青，像是还没清醒过来。

"一直在？"

苏青握着他的手，本身弥赛亚的体温就较正常人偏低，现在摸起来更是凉得彻骨。

她想到了什么，直视着他的眼睛，猜测道："你不会是从前几天开始，就一直在这？"

弥赛亚深深地望进苏青的眼底，被她这一问，像是突然清醒了过

来，只是抿了抿唇，不答话。

看了这苏青就明白过来了，看来这人还真是在她房门口待了几个晚上。

她又好气又好笑，看了看天色，先把人扯进了房间，然后把房门关上了。

"到底怎么了？"她问。

"想见你……"弥赛亚低着头，声音有些弱，"可是又不能见你。"

他的眼睛氤氲在月光的雾气中，含着深重的、莫名的哀伤，他的唇色本就淡，在这月下，连肌肤也染上一层苍白，更显现出一股易碎的美感。

这是只有在苏青面前才会展露出的一面。

"告诉我吧。这世上无论发生什么事，我们两人都要一起面对，共同承担。"她捧起他的脸，与他对视，坚定而认真地说。

弥赛亚眼中像是被光点亮了般，连那瞳孔的色彩都震颤起来，隐隐可以看到眼底浮漫闪动的，白色的光泽。

苏青口袋中的棋子像是感应到了什么，也一齐发出柔和的白光来。

夜色清凉，月色正好。此情此景下，弥赛亚凝视着她。

苏青突然产生了一种错觉。仿佛此刻，他正无法克制地想要吻她。

但那最终也只是一个错觉。

因为弥赛亚开口了。

"苏青，我……。"他的声音低哑，"可能并不是个好的王。"

"仔细想来，我成王的初始，是被神赐予棋子，作为命定之王而开始。无论是我自己也好，周围的人也好，似乎都是因此而聚集到我身边，盲目地相信着我，相信着神的箴言。"弥赛亚苦笑，"可是，当我尝试审视自己的内心，我才发现，原来我早已不信神了。"

"这几天我一直在想，也许，在我做出选择的那一刻，我就已经失去了为王的资格了。"

"什么选择？"苏青问。

"我……"他顿了下，"重新与黑之国开战了。"

虽然心里有些猜测，但确实听到，还是让苏青有些惊愕。

"为什么？"

毕竟，她了解弥赛亚。

该是怎样无法拒绝的理由，能让他做出这个痛苦的决定？

弥赛亚许久没有回答。

他似乎犹豫了很久，又挣扎了许久。正巧云起，挡住了明月，让他的脸庞陷入了一片阴影中。

"因为世界的裂缝。"他眼睫低垂，没有与苏青对视。

苏青没想到竟在这里听到了任务中的关键词，连忙追问。

在弥赛亚的讲述中，她终于弄清了到底是怎么回事。

原来，所谓世界的裂缝，便是横亘于南北大陆之间的那条深渊。

世界中存在着一种支撑世界的力量，它存在于万物之间，世间一切的力量的本质皆是它的变化，例如魔法中的魔力，神明施展的神力，甚至矿石中蕴含的动力……这种力量，就是"源力"。

在之前神的时代中，神明们大肆抽取挥霍着世界的"源力"，使得世界本身早已不堪重负。而在奥古斯塔斯那一代，神明甚至强行一次性改变整整半块大陆的环境，给本就沉重的负担添上了最后一根稻草。

所以，世界破裂，深渊由此产生，分割了南北大陆。

世界的意识——或者叫它，命运，也想要自救。于是沿着命运的线条，神明们纷纷陨落，消散于天地之间，化为精纯的"源力"，重新回归于世界之中，神的时代就此结束。

但人的时代兴起了。本来大陆连年处于交战之中，死亡的人类众多，还能够勉强做到平衡。但自从黑白两国正式统一，人类的死亡人数大大下降，出生人数却越来越多，消耗的"源力"也愈发上升，于是，深渊也渐年扩大。

"一旦深渊扩大到一定地步，整个世界都会因此崩塌。"弥赛亚说，"于是，曾经的我给黑王写了一封信，邀请他，一起开启一场黑与白之间的战争。"

"是那封信……"

苏青想起来了，那封她第一次主线任务中，沾着圣花香气的信。

"原来，一切的起点，竟是在这么早之前吗？"苏青怔怔地看着自己的双手，"那封信，是我亲手交给黑国王的。"

弥赛亚眼底闪过一丝惊讶："我记得，那时的我正处于与祂连通的状态。写完后，那封信就消失了，竟然，是由你送去的吗？"

苏青心中复杂的情绪一闪而过。但很快，她想到了什么，低声喃喃道："其实这样……也许也很好。"

她抬起头，直视向弥赛亚："所以，你就是因为这个原因才又重启了战争，是吗？"

弥赛亚深深地望着她，没有正面回答。

他只是说："我想守护你。"他用目光描摹着苏青的容颜。

"唯有这一点，我确信无疑。"

苏青不疑有他。于是，她开口了。

"如果你觉得独自一人无法承担，便让我与你一起吧。这场满载着鲜血的战争，真正算起来，也是由我一手开启。如果你有责任的话，我应该也有才对。"苏青语气轻松，"你身为王，肩负着承担整个国家的苦难。这点我无法做到，光想想可能就会感觉到窒息。"

"但是，我身为你的恋人。"她笑了起来，"肩负起你一人的苦难，还是可以的。"

弥赛亚像是被过于耀眼的光刺灼到一般闭上了眼睛。他小心翼翼地拥住了苏青。

他低声道："在失去神明后，我的灵魂早已失去归处，但是你，让我重新有了信仰。"

苏青轻笑着拍了拍他："别那么肉麻了，我的骑士。这不是我们早就约定好的事情吗？"

"是的。"弥赛亚重新直起身，他脸上重新出现了那坚定而温柔的，仿佛包容着一切的神情。

他单膝跪下，像是当初骑士授勋时一样。只是现在，他郑重其事地牵起苏青的手。

"我将亲自去战场，为你取得胜利与荣耀。以我的剑、我的心、我的灵魂起誓。"

他行了一个吻手礼，正落在她的无名指指根处。

*** 白国王好感度+1 ***

跳转至好感清算界面（081页）

仔细想想，最符合"世界的裂缝"这一形容的，应该就是深渊了。

苏青在跟随商队从白之国边境去往黑之国时，曾远远地看过一眼深渊。

横亘于南北之间一道深不可测的巨大断口，终年刮着猛烈的罡风，土地周边寸草不生。而且空气中满是混乱无序的波动，无论是魔法还是矿石都无法在这里使用。

但是棋子却可以。

她审慎地考虑了几天后，还是决定去深渊进行调查。

反正，以她现在的力量，即使遇到了什么危险，也可以瞬间回到白之国的王宫。

于是，在一个天气良好的白天，她瞬移到了深渊附近。

深渊仍是那么可怕，庞然而混乱，靠近那裂口附近的空气都产生了轻微的扭曲，让人无法看清它真正的模样。

苏青想要走到深渊旁仔细向下看看，但又因为直觉性的谨慎而有些踟蹰。

而且，不知道怎么回事，深渊似乎与她产生了某种共鸣。

那种吸引力来自灵魂深处，如此温暖、如此契合，仿佛拼图中缺失的另一半，呼唤着她的弥合。

"妹妹，醒醒。"

苏青的视线在恍惚中聚焦，才发现自己落入了一个温暖柔软的怀抱。

莉莉丝长发飞舞，红唇似火，眼中满是担忧。

似乎有混杂着檀香的馨香，从她光滑柔软的肌肤上氤氲而出，围绕着她怀抱中的苏青。

"莉莉丝姐姐？"苏青迷迷糊糊地问。

在看到苏青醒来后，莉莉丝眼中的担忧终于尽数化为了无奈的笑意。

"好久不见，我的傻妹妹。"她宠溺地刮了刮苏青的鼻子，"怎么这就叫出来姐姐了？"

苏青这才彻底清醒过来，不对啊，按照她曾篡改过的这条时间线上她们曾有过的相遇，莉莉丝怎么会叫她妹妹？

"是的，因为我也凭借着魔法触碰到了一些时空的壁垒。"莉莉丝将她放下来，柔声道，"所以我记得一切。"

"啊，对了！"苏青想起来了，急忙解释道，"那天晚上，我是因为被月神阻止了，所以才没能做到答应好的事。姐姐，真的……"

"嘘。"莉莉丝的手指压上她的唇，轻笑道，"我知道，我从来没怪过你，千万不要和我道歉。"

"那就好。"苏青舒了一口气才疑惑道，"姐姐，你怎么会在这里？"

莉莉丝将人往她身侧又揽了揽，这才示意苏青回头看去。

苏青一回头才后知后觉地倒吸了一口凉气，原来她刚刚就站在深渊边上，只差一步便要坠落下去。

"妹妹，太不当心了。"莉莉丝不赞同的声音顿了一下，随即又带上了丝淡淡的嘲讽，"怎么，那小子当王当昏头了，这都没陪着你一起来？"

"是我自己想来的。"苏青不好意思道，"没告诉他。"

莉莉丝的眼神变了。

"你知道了？"她问道。

苏青察觉到，莉莉丝似乎知道些什么。

于是她点了点头，含糊道："嗯，世界的裂缝这件事，我已经知道了。"

莉莉丝搂在她腰上的手，骤然变得僵硬起来。

"怪不得。"她苦笑，"我早不该指望弥赛亚能瞒住你，要那家伙向你撒谎，估计比让他死了更难受。"

莉莉丝撩起苏青的散发，将它轻轻归回耳畔。

"妹妹啊，你为什么总是这么让我心疼？"

她眼中含着疼惜，手指留恋地停在苏青的耳后，力道轻柔地轻轻顺着她的发。

"你本不是这个世界的人，又凭什么让你去为它牺牲？即使这个世界全部崩塌，碎得干干净净，也是它自己因果报应，自作自受。"莉莉丝抱住苏青，在她耳边沉声道，"我已经不想再让我的小妹妹为任何东西牺牲了。"

"所以我放出了那些消息。"她闭上眼，"但请相信我，我绝对、绝对不想牵涉到你任何一点。"

"即使你真的拯救了世界，也无异于将我推入地狱。战争本就该发生，那些人只不过把从世界中得到的又还回给世界而已。假如是牺牲你而换来平和，也只会让我对所有的一切愈发仇恨。"

无数关键词被一一串联，苏青突然明白了。

深渊就是世界的裂缝。

原来她被发放这个主线任务不是空穴来风，而是真的只有她能完成。

在经过那一场穿越后，她的身体内，早已不知不觉积攒起了庞大到她自己都会觉得可怖的力量。

还有那深渊对她强烈的吸引力，原来是，只要牺牲了她，就可以填补上这个世界的裂缝吗？那一刻，苏青一瞬间想了很多。

有白之国王城中幸福地生活着的居民，有边境中纷乱的战火和无数死亡的士兵，还有弥赛亚痛苦的脸。

"抱歉呢，莉莉丝姐姐。"想通了一切的苏青拿出棋子，歉意地冲莉莉丝笑笑，"其实，我早就该在那场时空之旅中消融崩解，但却这样莫名其妙地活了下来。也许，就是因为此刻呢。"

但在苏青刚想发动棋子时，却被莉莉丝紧紧按在怀里，随后她身上也浮现出相似的白色光芒，硬生生打断了苏青的施法。

不仅如此，苏青还发现自己好像被反过来禁锢住了，动弹不得。

"怎么回事？"苏青惊讶地看着棋子。

"其实，我也曾拥有过白色的【后】。"莉莉丝缓缓抬起头，凝望着苏青，眼中一片平静，"在我刚发现自己的魔法天赋时，祂，也曾为我赐下过这枚棋子，但我毫不犹豫地捏碎了。因为我最讨厌被规定好的，命运这种东西。"

她清澈的银灰色眼睛中漫上一层水汽，泪水渐渐在她的眼眶中积蓄，汇成透亮的、小小的湖泊。

"但我没想到我千方百计地逃离，却还是陷入了命运的泥沼。"莉莉丝噙着泪水笑了笑，"现在想想，我可能是命中注定，会喜欢上你。"

"你和我那么相似，却又那么不同。"她的手指贴上苏青的脸颊，眼神满是怀念与欣赏，声音宛若包含着万千眷恋。

但她的眼泪却越流越凶，声音也逐渐激动到破音："那个小子到底有什么好的！即使是他，一开始，也是因为你是【后】而对你特殊相待罢了。只有我，从头到尾，喜欢的都只是你一人而已！"

讲到这里莉莉丝无法再说下去，她停了一会儿，深呼吸几下，站了起来。

"算了，讲这些，也太难看了。"她轻轻笑了笑，"刚刚就当姐姐在说笑吧。"

苏青挣了几下，还是没挣动。棋子的力量也无法动用。她心中不妙的预感几乎要达到顶峰："莉莉丝，你要干什么？！"

莉莉丝径直走到深渊边，转身过来，面对着苏青。

她的眼泪不知何时被她自己抹去，只有脸庞上残留的泪痕证明了刚刚不是苏青的幻觉。

在深渊猛烈的罡风中，莉莉丝深紫色的长发猎猎飞舞，她的脸上重新出现了那个苏青最熟悉的笑容。

自信又骄傲，美丽得无以复加。

"妹妹。"莉莉丝说，"往后，记得要对自己好。"

说完后，她往后倒去。

天地变色，土地震动，空间扭曲，空气中仿佛有什么在无声地发出尖叫。

当苏青终于挣脱束缚，扑到深渊旁时，黑暗却早已吞噬了莉莉丝的身影。

那天，白王宫的仆人都在讨论苏青到底发生什么了。

为何独自一人关在房间里，似乎流了好几天的泪呢？

不管怎样，世界裂缝的问题被解决了。

但听着系统任务完成，可以随时返回的提示音，苏青却只是深深地叹了一口气。

说起来，好像好几天没见到弥赛亚了，他在做什么呢？

这时你选择：

去找他　　　　　　　不找他

跳转至好感清算界面（081页）

好感清算

去找他 （好感+1）

不找他 （好感-1）

弥赛亚总好感大于等于3进入Happy Ending（阅读剧情一082页），

小于3则进入Bad Ending（阅读剧情二跳至084页）。

纯白的幸福

"弥赛亚？"苏青走进教堂，疑惑道，"你怎么在这里？"

这个教堂是仿制之前洛莱领地时的那个教堂建成的，只是没有那个硕大无比的月亮。

充足的阳光将这个空间点染得明亮又温暖。

弥赛亚转身，眼中满是温柔的笑意，手上捧着雪白的花束。

"给我的？"

苏青一步一步地向他走近，笑着准备接过那束花。

正当她拿到花时，弥赛亚却突然单膝跪下。

苏青怔住了，好像预感到了什么，心跳开始加速。

"苏青可以答应我，与我结婚吗？"他的脸慢慢红了，但还是无比坚定而真诚地说，"请给我一个机会，让我永远属于你。"

苏青笑着拥抱了他。

"当然。"她语气轻快，"我也属于你。"

在苏青与弥赛亚结婚的那天，是个绝无仅有的好天气。

花童们抛洒着白色的花瓣，民众们欢呼雀跃，所有人都祝愿着他们幸福美满，长久一生。

苏青穿着洁白的婚纱，与弥赛亚一齐，站在婚礼的高台上。

他们四目相对。

"我爱你。"弥赛亚凝视着她，这句话仿佛自然而然般流淌而出。

苏青微笑着看着他："已经能好好地将爱说出来了呢。"

"其实我啊，之前也只是个普通到有些灰头土脸的埋没在人群之中，有些自卑的少女，我也是连说出'爱'这个字都会感到羞耻，无法坦然地面对自己。甚至有时候我会想，爱这种东西是不是太梦幻了？我是不是一个不配得到爱的人呢？"

她缓缓地说着，笑容却越来越明亮。

"但是现在，我也可以好好地说出来了。能遇到你，真是太好了。"

她静静地望着他。

"我爱你，弥赛亚。"

弥赛亚的惊喜几乎要满溢而出，他低头，吻住了苏青。

他们交换了一个绵长而温暖的吻。

一切都很美好。

達成 Bad Ending

永不相见

弥赛亚不见了。

苏青几次三番地寻找，终于承认了这个事实。

就算是问仆人们，他们也只是摇头。

而且，不知道为何，苏青感觉自己的待遇诡异地变好了。

那种无微不至、毕恭毕敬的照顾与尊敬，让她有些不明所以的难受。

苏青收到那封信的那天，是一个阳光灿烂的下午。

即使南大陆晴朗的时候很多，这一天仍然是个绝无仅有的好天气。

在街道上飘荡着的鲜花和饼干的香味中，苏青展开了信。

但很快，她跌坐在地，捂着嘴泣不成声。

致苏青：

当你看到这封信时，我已经离去。

我已经知道，我再一次，成了你的阻碍。

当我迷失时，你无私地接受了我的灵魂，赋予了我存在的意义。但我却以你的名义，向你说了谎，背叛了自己忠诚的誓言。

每当凝望着你的面庞，我的心中便不容克制地生出爱意。但在这爱意中，又有着焦虑与恐惧，啃噬着我的心。

失格的王，不忠的骑士。沾着鲜血的手，无法触碰纯白的你。

在我知道，你完全可以回到那个属于你的世界，却又在此留下时，我已经明白。

我自以为是的爱束缚住了你的手脚，原来，我才是你最大的阻碍。

我本想推开你，但我的眼、我的心，却不受我的控制，追随着你的身影。

所以，我离开了。

但不可否认，我犯了罪。我无法想象，你看到这封信该有多么痛苦……假如从一开始，你就从来不曾遇见我，该有多好。

为了惩罚我的罪，我剜去了我的双眼。

从此，我将盲目地于这世界中流浪。

飞吧，我的天使。

——爱你的，弥赛亚

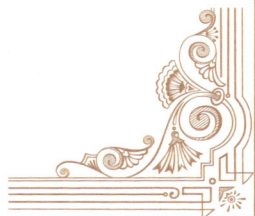

*** 莉莉丝 ***

弥赛亚

黑与白的绮想曲

*** 黑之国 ***

耳百 ◎ 著

第1章
荣光之下

　　无星的夜，黑之国淹没在黑暗中，整个王城都悄然无声。

　　侍卫们井然有序地巡逻，以皇宫为中心，呈扇形星点分散于四周。

　　皇宫庞然的轮廓隐没在暗色中，只有顶层的窗透出光亮，像是一头沉默地俯视人间的巨兽。

　　苏青深吸了一口气。

　　她当初作为信使出发时做梦也想不到，当她再回到黑之国的时候，竟然是以这种偷偷摸摸的方式回来的。

　　就像她做梦也想不到她竟然也有能成为世界级战争导火索的一天。

　　现在再笨的人也知道应该好好藏起来，免得被抓出去平息民怨。苏青这人没什么优点，但其中有一点就是有自知之明。

　　即使她现在登高一呼，说你们别打了我好得很，估计也会被双方战火直接轰成渣。

　　人贵有自知之明。她就是个借口，一个理由。

黑王为了她而挑起战争？别逗了。

苏青回想起黑国王那双仿佛流淌着血与火的赤金色的眼睛，不禁打了个寒战。

黑国王明明就是蓄谋已久。

现在她最聪明的做法明明是应该躲起来，靠着自己跟着莉莉丝学习魔法后，已经大有长进的棋子力量苟住性命，等待战争结束再作威作福，啊不对，是正常生活……

但是世事总是难料的。

> 叮！主线任务：帮助黑之国取得战争胜利 / 成功推进！
> 阶段性任务：潜入黑之国 / 已达成。
> 更新阶段性任务目标：见到黑国王，并接受阵营任务。

苏青重重地呼出一口气，其中万般无奈、百般郁闷，还带着一丝"我就知道你要搞事"的释然。

莫名其妙听懂了的系统：……

"早在当初签卖身契的时候我就该明白，总有被半夜拉起来干活的这一天。"苏青喃喃自语，眼睛渐渐泛出星点的亮光，手指间的棋子飘起，乖巧地飘浮在身侧。

她紧紧凝视着王宫的顶层，在脑海中勾勒记忆中的王宫内侧……宴会厅吗？不行，那里紧靠大厅，太容易被发现了。

那么，她现在印象最深刻的也只有那里了。

黑国王的房间。

希望能给她足够的缓冲时间，别让黑国王以为她是刺客，直接被

拉出去杀头了事。

苏青转了转手腕，柔软的身躯下沉，摆出了一个蓄势待发的姿势。她眼中光亮暴涨，身边的棋子被她一把攥住。下一个瞬间，苏青身影一闪，人已经出现在了王宫内部。

她无比熟练地就地一滚，抵消掉了魔法转移带来的部分冲力后小跑几步，无声无息地隐藏在了障碍物后。

苏青谨慎地观望了一圈，黑国王的房间里空空荡荡，看来她的潜入没有惊动任何人。

她这才松了口气，不禁有些开心，她在莉莉丝那拼命学的东西还是有用的！

但在这时，苏青突然听到了脚步声。由远及近，好像在往这里靠近！

苏青唰地一下站起来，四处一看，顿时陷入了绝望。

她的魔法定向不熟练，只能去到去过的地方，但她虽然回忆了整个寝宫，但魔法还是冷酷无情地直接把她扔到了她印象最深刻的地方——黑国王的床旁边。

上次苏青来还没注意，这里应该是起卧间，一张大床嚣张地占满了绝大多数空间，靠墙还立着个正对着床的柜子，除此之外四周根本没有什么可以藏身的地方。

脚步声越来越近了，几乎快要到门前。

苏青一咬牙，掀开床单就钻进了床底。

床底很宽敞，床单厚厚地垂下，苏青侧卧着，正好能透过床单与地面的缝隙看到外面。

她刚刚藏好，房间门便被打开了。

不急不缓的脚步声带着莫名的笃定，一步一步地向房间内走来。

那是双军靴式样的鞋子，微微抬高的脚跟泛着金属质地的冷光，

黑色的靴筒紧紧地包裹着一双修长却好似包含着可怕爆发力的小腿。

再往上，苏青就看不见了，但她一动也不敢动。

黑国王。

纵使许久未见，苏青仍是一瞬间认了出来。

即使这次没有与那双可怕的眼睛对视，她的脊背仍然窜起了一阵寒意。

他的步伐缓缓走近，然后，在床前停下了，脚尖刚好正冲着苏青的方向。

苏青下意识屏住了呼吸。

房间内陷入了可怕的沉默。

"还不出来吗？"

那介于青年与少年之间，却冷得彻骨的嗓音慢悠悠地开口，带着一丝残忍戏谑的笑意，像是兴致勃勃地看着猎物挣扎的捕猎者。

苏青心脏差点停跳，她下意识地攥紧了手中的棋子。

"胆子还真大，不过，本王允了。"黑国王低低地笑了一声，其中的意味莫名激得苏青头支发麻。

他的靴尖微动，鞋跟上的冷光一闪，重重地磕了一下地板，发出了一声令苏青心惊胆战的重音。

"我听说过……"黑国王若有所思，"在另一个世界，男女结婚时，会由男子掀起女子头上遮盖的一层布，这意味着'你从此独属于我'。"

"而本王，向来喜欢一些有趣的小游戏——"他似乎更高兴了，即使苏青没有看到，也能想象出那双仿佛沾染着血色的黄金瞳是怎样兴奋地拉长、收缩，而那眼中的辉光也随之愈加盛烈，随后定格在一双流溢着赤金的无比绮丽纯粹也无比残忍的竖瞳上。

那一个瞬间，苏青差点以为自己会被整个吞下去。

黑国王保持着掀开床单的姿势，那双眼睛直直地盯着苏青。

距离太近，苏青甚至在那双眼睛中看到了自己惊慌失措的倒影。

黑国王笑了，嘴角的弧度愉悦地弯起，露出了尖锐的虎牙。

"找到你了，我的新娘。"

他伸出了一只手，嘴角的笑意愈发明显。

"独属于本王的……我的后。"

被那迫人的侵略性所慑，苏青一时只感觉脊背发麻，心脏怦怦直跳。

他不等她反应，一下攥住了她的手腕，像是猎食者一口咬上了猎物的脖颈，强硬地将她一把扯了出来。

苏青只感觉一股巨力将她拉了出去，在她控制不住向前跌倒时又被拦腰带了回来。

黑国王的手臂紧缚着她的腰，将她整个人牢牢困在了他的臂弯与胸膛间。

直面那双侵略性极强的竖眸，苏青的腰下意识地后折，却又被黑国王另一只手按住了后脑，不容许存在分毫逃离的举动。

她只能眼睁睁地看着黑国王俊美而深邃的脸庞一步一步，缓慢地逼近，她紧张地下意识闭上了眼。

鼻端接触到了一片温热，黑国王呼吸间的热气带着低哑的笑意从对面传来。

"你在期待我吻你吗？"

苏青猛地睁开眼。

黑国王与她鼻尖相抵，那片热烈的赤金色近在眼前。

像是稍不注意，就会坠入其中。

苏青一时有些怔怔，连生气也忘记了。

两人的呼吸相接，在咫尺之间交缠，苏青脸颊上慢慢浮起了些绯红。

黑国王见状笑意愈发明显，极具压迫感地缓缓下压。

苏青瞬间清醒，千钧一发之际捂住了嘴。

黑国王看着苏青警惕的眼神，倒也没生气，只是轻哼了一声，从善如流地抬起身来，将两人之间重新归回了安全距离。只是揽着她腰的手还是牢牢地圈着。

"王，好久不见。"

用脚趾头想也知道黑国王根本不是会听人话的人，苏青一边摆出自己最无辜的假笑，一边暗自别着劲儿想要挣脱腰上那只手。

"嗯？"

黑国王用一只手便压下了她所有的小动作，面上只是云淡风轻地发出了个带着笑意的鼻音。

"任务完成得不错。"黑国王轻描淡写道，一手推开了门。

苏青被他的力气带着往前了几步，无可奈何中一抬头，瞬间被眼前的景象震惊了。

黄金被熔炼成河缓缓流淌，白玉制的珊瑚点缀其中，星点闪烁的不是粼粼波光，而是钻石研磨而成的粉末……

一侍从垂首而跪，高举的托盘中，无数珍奇宝石在黑丝绒的映衬下闪烁着梦幻般的光彩。

"这是本王予你的赏赐。"

看到苏青震惊的模样，黑国王挑了挑眉："不喜欢？"

"不是、不……这全是给我的？"苏青有些语无伦次，"喜欢当然喜欢，但是这、这……"

她话还没说完，黑国王倒是颇为愉悦地大笑起来："没错，正是这样，喜爱着珠宝、黄金以及一切美丽之物，人类正是如此，没什么

好因此而羞耻的！"

苏青内心：我无话可说。

她努力整理思绪，刚想张开口，这时脑海中的系统突然疯了似的不停发出尖锐的长鸣。

> **"警报！警报！您所属的阵营〔黑之国〕的领袖〔黑国王〕面临生命危险！请尽快保护！如〔黑国王〕死亡，则〔黑之国〕阵营所有眷属判定任务失败，同时面临死亡威胁！警报！警报！"**

苏青心下一凛，一错眼便看到托盘的侍从正借势抽出什么东西，黑暗中一道刃器的白光一闪，直冲着黑国王的心口而来！

小心！苏青下意识想喊，但那刀光太快太利，在她的唇刚刚张开时便已经到了黑国王身前。

苏青瞳孔一缩，几乎没有考虑，直接扑了上去将黑国王推倒在地。

而那刀光，也如愿以偿地刺穿了一具温热的躯体——但是，是苏青的。

在刀刺入血肉的那一瞬间，棋子骤然爆发出一团巨大的光亮，将苏青淹没其中。时间在这一刻，仿佛被无限延长。

苏青仿佛亲耳听见了那刀尖刺破皮肤，钻入血肉的声音；感受到了手下坚韧温热的触感，以及正按在掌心下跳动着的心脏；看到了那渐渐从不可置信转向暴怒与悲伤的眼睛。

苏青猛地吐出一口血，棋子的光芒猛然收束，光芒一闪，黑国王奋力一搂，却扑了个空。

苏青，消失了。

当苏青从昏厥中醒来时，只感到头痛欲裂。她试着睁眼，但眼前发黑，世界在天旋地转，让她根本看不清周围的东西。耳鸣剧烈地轰响着，她深深地呼吸，努力压下胸口的闷痛和恶心感。

她知道，这大概是棋子力量的副作用。她现在还活着，应该就是源于之前棋子爆发的那阵白光。自从自己学会魔法后，棋子便再没有这样失控过了。

但是这比上次还要严重好几倍的副作用，棋子到底把她弄到哪里了，用了这么多力量？

休息了好几息，苏青在脑中呼唤："系统，我这是在哪？"

寂静无声。

苏青有些慌了。系统虽然坑，但向来是有问必答的。

"系统？系统？"苏青在脑中焦急地呼喊，但脑海中仍然一片寂静。

系统不见了。

谁也无法理解，苏青那一刻心里猛然掀起的惊涛骇浪。

系统不见了？那谁来统计任务？她、她又该怎么回家？系统不见了，意味着她唯一能够连接两个世界的桥梁断了。她可能只能待在这里了。

苏青沉默良久。

她顿了顿，睁开了眼睛。眼前，是一片璀璨高远的星空。

此情此景让她不禁产生了些相似的联想，让她忍不住自嘲般笑了一声。

但这次，她已经不会再流泪了。

苏青将意识集中到右手上，但用尽全力才勉强抬起了三根手指。她耐心地缓缓移动，终于在身侧的口袋里摸到了熟悉的形状。

她的棋子。

整个棋盘上最强的棋子——"后"。

在确认"后"还在她身边后，苏青才真正松了口气。

入目所及，是一片荒野。现在是阴天，云层厚厚实实地遮住了天空，看不见太阳。

等那晕眩与恶心感稍弱后，苏青才后知后觉地发现，心口处原本被刺中的地方光滑一片，不论是伤口还是血迹都消失了，只有破掉的衣服可怜兮兮地张着。尽管在回到北大陆前，苏青特意换上了厚衣服，但这冷风一吹，裸露在外的这一块皮肤还是让苏青冻得有些打哆嗦。

不过这温度也告诉她了，她应该还是在北大陆。毕竟只有霜雪不化的神咒北陆有这样的寒风。

幸运的是，不远处似乎就有一座城镇。

不过当她拖着身体一步一步地靠近时，却敏锐地发现了情况有一些不对劲。

越近越感觉这里，怎么这么破？

黑之国她是知道的，虽然边境那些小城镇不怎么样，比不上王城的繁华整洁，但也不会这么破啊！

裸露的土地、三三两两的破房子，唯有最中心处一座两三层楼高的堡垒状房屋勉强像个样子。

细细一看那颜色，好像还是土石砖垒起来的。

苏青太阳穴突突直跳。

她不会是又穿了吧！

正好身边有一个小孩路过，苏青就想拉住他问一下，"欸，小朋友。"

手牵上了小孩的衣摆，然后直直地穿了过去。

苏青凝固在原地。她愣愣地看着自己的手，她刚刚拉那小孩的时候没有任何触摸到实物的感觉，像是她刚刚只是抓了一团空气。

这是怎么回事？

苏青还没反应过来，又有一个人向她这边走过来，眼看着就要撞上她了，她下意识就想往旁边躲，但浑身无力使不上劲儿，要撞过来的那个人还对她视若无物。苏青没有办法，只能眼睁睁地看着他撞过来，然后径直穿过了她的半边身体，轻松自如地走了过去。

原来，被困在异世界不是最惨的。

最惨的，是被困在了异世界还变成了幽灵，求生不得求死不能啊！

倒霉的事一件接一件，苏青已经没力气生气了。

她掏了掏口袋，将棋子拿了出来。

原本清澈透明、流光溢彩的棋子现在已经变成了一种暗淡的阴霾色，像是被抽干了神秘的力量，唯余一片燃烧殆尽的灰烬。

不过还好，棋子的底部似乎还积蓄着一点点透明的光点。

苏青将它拿起来仔细观察，大概盯了半个小时左右，这才确认，棋子中的光点确实在随着时间的流逝缓慢恢复。

在恢复就好，棋子毕竟是与系统直接挂钩的力量，她动用棋子，系统那边也会有感应，没准棋盘空间就派别的系统来捞她了呢？更何况就算回不去了，只要有棋子的能力，她在哪里也不至于没饭吃。

虽然现在她也不知道自己需不需要吃饭了。

苏青抿了抿嘴，又把棋子扔回了口袋，反正她短时间内是不敢再用了。

但是现在，她去哪呢？

入目所及，四周都是陌生的景色。苏青张望了一下，决定先随便走走，没准能找到个躺下来休息的地方。

毕竟外面真的很冷，而且她身上还是很痛。

苏青慢悠悠地穿行在街道间，风越发大了，吹散了一些天空上的云，露出了太阳。

苏青一看就明白了。那具有鲜明特征的，苍白微小的太阳……这里确实还是北大陆没错了。

但黑国王统治下怎么还会有这么破的城镇？这是打哪个犄角旮旯冒出来的？

在苏青陷入疑惑时，她前面的拐角处突然传来一声尖锐的童音："我妈妈说了，你是罪人！"

苏青皱起了眉，一改缓慢的脚步，三步并两步快走了过去。

转过去一看，一群小孩正围着个孩子，把那个孩子堵在了墙角。

那个孩子攥着拳头，似乎里面有什么极为宝贵的东西，他蜷缩在墙角，只将攥着的拳头贴着腹部藏了起来。

"不仅你是罪人，你全家都是罪人！"一个围着的小胖子大声说，

愤愤地抬起脚，踹向了墙角的孩子，"都是因为你！"

苏青震惊了："喂，你在干什么？！"

她冲过去，但是没人听得到她的声音，她只能在一边急得团团转。

小胖子的那一脚似乎给出了什么信号，周围的小孩都开始一人一句地指责。

"恶心至极！"

"你为什么还不去死？！"

随着一人一句的骂声，雨点的拳头与脚底纷纷落在了孩子的身上，挨打的孩子只是一声不吭。

"喂喂！你们不至于吧！你们这过分了！"苏青目瞪口呆，既劝阻不了，又拦不住，心焦之下她蹲下来，妄图用身体去挡那些拳脚，但是那些小孩的手和脚还是穿过了苏青的身体，重重地落在了孩子身上。

苏青徒劳无功地挡着，没发现原本闭着眼睛的小孩睁开了一只眼，平静无波的眼神在看到身前人的那一刻产生了些许震颤的波动。这时，小胖子突然停下了。

苏青刚松了一口气，就听见他说："欸，小垃圾好像藏着什么东西？"

这时，从始至终沉默挨打的小孩这才吐出了一个低哑的单字——

"滚。"

小胖子生气了，伸手便要去拽孩子藏在腹部的那只手："肯定是你偷东西了！我要告诉我妈妈，让她打死你！"

这时，孩子终于抬起头来，从散乱的发间露出一只冰冷的、血红色的眼睛。

"我最后再说一次，滚。"

一群小孩被震慑住了，但小胖子在短暂地恐惧之后，更加恼火了

起来："我非要你这个东西——"

接着，孩子眼中闪过一道狠戾的光，以迅雷不及掩耳之速，恶狠狠地咬住了小胖子伸过来的手腕。

"痛！痛！松开！松开！"小胖子一边鬼哭狼嚎，一边用力拍打着孩子的头。

"流血了！流血了！"周围的小孩惊呼，害怕得一拥而散，"小怪物杀人了！"孩子这才松开了他，小胖子手腕上赫然一排深可见骨的牙印，他哭着跑走了。

孩子缓缓站起来，牙齿上，连牙龈上都是血。他刚刚几乎把整个牙齿切进了小胖子的肉里。

苏青被震在了原地。

不止因为这小孩的狠劲儿，还因为他抬起头后的那张脸。

那副眉眼、那个样子，除了眼睛颜色，就是活脱脱一个小版的黑国王啊！

就在这时，那孩子随意撩起衣摆，擦了擦嘴上的血，偏过头来，直直地对上了苏青的视线。

那双眼宛若血红的宝石，散发着无机质般的冷意。

"你是谁？"

那双红眸的红既暗又沉，像是凝结着积年的血渍，光是与之对视便觉出一股子血腥味，透不出丝毫光亮。

完全不是这个年纪的孩子应该拥有的眼睛。

被这双眼睛所凝视着，苏青一时连"他怎么能看见我"这个问题都忘了，差点想直接转身逃跑。

还是那张酷似黑国王的脸带来的冲击力让苏青重新捡回了自己的理智。

苏青咽了咽口水，艰难地抬起手指了指自己："你在，跟我说话吗？"

孩子："不然呢？"

不知为何，苏青竟然从还没到她腰高的这小子眼中看到了些鄙视的意味。

那孩子静静看了会儿，冷哼了声："不想答就算了。"

苏青连忙道："我叫苏青。你呢？"孩子又看了她一会儿，似乎在从她脸上判定她说的话到底是真是假。苏青尽力瞪大了一双真诚的双眼，希望这平时不咋管用的心灵窗户能给点力，别让这机缘巧合碰上的转机就此夭折。

过了半晌，孩子重新低下头，额前过长的发散落，遮住了晦暗的红瞳。他不发一言，手仍紧紧攥着垂在身侧，大步向前走去。

苏青愣了，这啥情况？生气了？

眼看着孩子就要走出视线了，苏青急了，想跟上去又有些犹豫，正在踟蹰之际那小孩又突然停下了脚步。

电光火石间，苏青突然脑海中划过一道闪电，她悟了。

她几步跑到小孩身边。他抿了抿唇，硬邦邦地扔下一句："埃尔维克，我的名字。"

说完，他又毫不迟疑地继续向前走了。

哎呀！苏青喜滋滋地想，她已经完全明白了，这小孩就是个傲娇呀！

不过，埃尔维克这个名字，总感觉有些耳熟。

苏青努力在记忆中搜寻了一下，但是实在想不起来是在哪听过了。

算了，该想起来的时候自然会想起来的。

苏青乐呵呵地跟着埃尔维克回家了。

夕阳如血，鲜红的色泽涂满了整个世界。在这夕阳下，明明是少女与孩子并肩而行的温馨场景，却只有孩子的身后落下了拉长的黑影，像是一滴鲜血干涸后，在地面上拖出长长的、丑陋的痕迹。

埃尔维克的家其实就是苏青一开始看到的,那座位于城镇中心的城堡。

大约有两三层楼高的古堡倾颓了大半,扭曲腐朽的砖土上全是郁郁葱葱的藤攀植物,但依然能从中隐约看到昔日的辉煌,不由得更让人心生惋惜。

一进入古堡,埃尔维克就关上了门。

苏青眯着眼好半天才适应了突然昏暗下来的环境,城堡里的空间虽挺开阔,但入目所及的家具等东西都是烂的烂、破的破……好像还灰蒙蒙的。她刚想说话,就听见一旁的楼梯发出了木头即将朽断般的嘎吱声,一声接着一声,脚步缓慢而凝滞,在开阔安静的空间内显得格外响。

一只脚踩在了阶梯上,苍白的脚踝一闪。

下来的是个女子。大概二十多的年纪,因随着嘎吱作响的楼梯扬起的灰尘,看不太清。苏青感觉有些古怪。

女子手持着半截蜡烛,下了楼,转过身来。

苏青被吓得一个激灵。

那女子闭着眼,半边脸上全是血。

在这昏暗的环境下,被脸侧幽幽的烛火一晃,显得更为可怖。

那半张脸上的红有深有浅,凹凸不平,旧伤结成的血痂与新长出的嫩肉交错重叠,又被血液干掉后的壳块所掩盖。那女人缓缓走近,在埃尔维克面前不远处停下了。

她张口——那唇也是凹凸不平的,一道大的伤疤从唇峰中划过,几乎将整个嘴分成两半。

"埃尔维克。"她说,"你回来了。"

出乎苏青想象,女子发出的声音竟异常柔和婉转,温柔得像是初

春时掠过幼苗的软软的微风。

"母亲。"埃尔维克冷冷道。

苏青眼睛顿时瞪大了。她看看埃尔维克，又看看前面那女子，第一次知道"瞠目结舌"是什么感觉。

女子那边一听埃尔维克的话却变了脸色，声音也陡然尖厉了起来："不要叫我母亲！"

她蓦地睁开眼睛，一只眼球已经完全翻倒了过去，只剩下森森的眼白，另一只眼则是鲜血般的红瞳，死死地盯着埃尔维克。

两人相似的红瞳对视，一高一低，一个满是疯狂的恨意，一个平静得像一潭死水。

"不要叫我母亲！"女子的声音低下来，压在喉间，眼睛仍死死地盯着埃尔维克的脸，带着轻微的喘息，发出像是某种野兽般威胁的低吼，"我不是你的母亲！你这个罪孽之子！"

唰！一道闪电划过夜幕，映亮了埃尔维克沉沉的眼瞳，又瞬间黑暗。

满室寂静。苏青只能听到女人急促的喘气声。

轰隆！雷声滚滚而来。

下雨了。

埃尔维克侧了侧脸，去把垂下的窗帘拉了拉，在这期间，女子一直那样盯着他，带着些神经质的恨意与警惕。

"知道了。"埃尔维克把窗帘合拢，垂下眼睫，"奥古斯塔斯夫人。"

女子怔了怔，嘴角抽搐般挑了挑，露出一个弧度夸张到刻意的笑容，用力到甚至能看见她嘴唇上那长疤下裂开的肉。她的声音也重又变得温和柔软起来。

"好。"她顿了顿，把张着的眼睛合上，像是一个普通的母亲般温

柔道，"在外面也挺累的吧？快去睡吧。"

雨声渐大，但苏青仍站在原地。

原本模糊的记忆像是被一句提点惊醒，大脑深处的景象渐渐清晰。

金色光的海洋，恢宏的音乐，辉煌的王宫大厅，还有从头顶传来的，自豪狂热的声音："让我们恭迎，独属于黑之国的太阳、伟大的胜利与荣耀之王——埃尔维克·奥古斯塔斯！"

唰！

又是一道闪电闪过，苏青苍白的脸战战兢兢地转向了那个沉默着的小孩，目光从他漆黑的发掠过，定格在了他纯粹的红眸上。

她这才意识到。

这小孩，就是黑国王本人啊！

她的棋子暴动不是作用在了空间上，而是作用在了时间上，把她带到了过去。

幼年的黑国王已经走入了走廊，回身看了她一眼，脸庞只有一个巴掌那么大。

苏青下意识跟上，脑袋里却昏昏沉沉地想着。

这是整个大陆的过去，黑国王的过去。在这之后苏青与埃尔维克一起生活了一段时间，眼睁睁看着黑国王从小孩迅速成长为少年的模样。一开始她刚得知眼前这人竟然是黑国王时还有些惊慌，现在倒渐渐转变成了夹杂着淡淡怜悯的柔软复杂情绪。毕竟埃尔维克实在是太惨了。

"回来了？"埃尔维克听到开门声，头也不抬地问道。这段时间的相处不是假的，埃尔维克对苏青的态度也温和了不少，起码不是冷冰冰拒人于千里之外的姿态了。

他正坐在床上，咬着衣角一手拿着绷带一手为自己包扎，看到苏青来也只是斜了一眼，利落地扯断了绷带。

撩起的衣角露出少年人坚韧的躯体，年纪轻轻便已经有了一副好身材，苏青忍不住把眼睛移开。

他顿了下，挑了挑眉放下衣服，苏青这才将视线移了回来。

"哎。"她深深叹了口气，"还是没找到住的地方。"

之前埃尔维克受了伤，再住在这个逼仄阴暗的贮藏室中实在不利于伤口痊愈。而镇里的人大都对埃尔维克有偏见，看见他恨不得往他身上吐唾沫，苏青便自告奋勇出去找住处，但还是无功而返。

苏青站在门口，神色复杂。

怎么就能混得这么惨？

埃尔维克耸了耸肩，表示毫不意外。

苏青绞尽脑汁想了半天，期期艾艾地想要开口安慰："哎，你也别太难过。那个，俗话说，古有诸葛亮居草庐而定天下，今有哈利·波特住壁橱大战汤姆，天将降大任于斯人也，必先苦其心志……"苏青越说越混乱，索性蹲了下来，平视着埃尔维克，最后在他冷冰冰的盯视下底气越来越低，只好干巴巴地总结，"反正，环境差真的不代表什么，这只是……嗯，上天给你的考验。"

埃尔维克安静地坐着，注视着苏青，极认真地听着。

苏青放下心来，继续接着说下去："因为你命中注定要担当大任，所以才会有诸多的苦难降于你身，这一切都是为了那个瞬间。你会从一切苦难中脱颖而出，成长为世界上最耀眼又伟大的人，在最危难的时刻，拯救这个世界。"

也许只有身处于过去之中才能理解，"未来"是多么幸福。即使

在这人丁稀少的小城镇，也遍地可见欺压与争端，麻木与饥饿让所有人都在一片泥潭里彼此拉扯，越陷越深。

"如果有一个人能够终结一切，拯救一切……"苏青笑了笑，将手轻轻覆在埃尔维克的手上。

"那么那个人，一定是你。"

埃尔维克一直听着，随着苏青的话，他原本晦暗的眼睛也亮了起来，像是自深渊中燃起了火光。他凝视着苏青，像是第一次看见她般，仔仔细细地将她望进了心里。

"这世界，倒错、荒谬、满是污浊。它早该被扭转回正确的轨道。"埃尔维克低声道，眼中的火焰却愈发炙热，"果然，这是非我不可的，命运。"

苏青似是被那火焰烫到了，突然清醒，这才意识到自己的手还恬不知耻地放在人家手上。她想不动声色地抽回手，却被敏锐的埃尔维克反过来一把攥住。

"你，不许离开。"埃尔维克少见地露出了些孩子气的慌乱，不过马上又重新冷静了下来，严肃而庄重地对苏青说，"我允许你辅佐我。当我为王时，我的王冠与荣誉，将永远有你的一半。"

这时你选择：

拒绝
（继续阅读023页）

同意
（跳至025页）

苏青笑了笑。

就算他将来是黑国王，但现在，他还是个孩子呢。

现在说这些，也未免太早了。

更何况，她是因意外偶然停滞在这个时空的，又如何辅佐他呢？

即使没有她，黑国王也仍然会成长为黑国王。

贮藏室里燃着蜡烛。微弱的烛光温柔地映在埃尔维克仍稚嫩的脸上，他紧紧地盯着苏青，到底是年幼，眸中还是泄漏出了一丝紧张。

苏青凝视着他，心底莫名泛起了一阵带着微苦的哀伤感。她轻轻地，同时也不容置疑地将手从埃尔维克手中抽了出来。

埃尔维克看着她，随后，也慢慢地放了手，攥紧，放到背后。

"埃尔维克……"苏青声音柔软，她顿了顿，这才接着说道，"即使没有我，你仍然会成为王。我只是一个……无关紧要的……"

说到这里，苏青说不下去了。

室内陷入了沉默。

"你，很好。"埃尔维克突然说。

苏青惊讶抬头，就看到埃尔维克将身子一转，躺在了床上。

"你出去，我要睡觉了。"他把被子蒙住头，闷闷地说。

苏青失笑。

"对了。"在苏青走到门口的时候，埃尔维克突然又说，"我的承诺，一直有效。"

苏青心下一颤，转头看去时，发现埃尔维克又自己把被子蒙上了。

她笑着摇了摇头，出去了。

*** 阅读030页 ***

苏青点了点头，同意得干脆爽快："好啊。"

毕竟原本她也是当着这位王的信使，花着这位王的钱。古人说食君之禄，忠君之事，虽说她不是什么正经的臣子，但当都当了，也不稀罕这眼下的一个答应了。

更何况，谁能拒绝这时候的埃尔维克呢？

苏青答应得这般利落，这下轮到埃尔维克吃惊了。即使他努力保持着面部表情的严肃，但苏青离得近，还是清楚看到了埃尔维克的瞳孔被吓得收缩了一下，似乎还小小地松了口气。

太——可——爱——啦！

苏青实在忍不住了，冒着"欺君"的风险，哦不对这词不是这么用的，但她管不了了！

她遵从本心，一把抱住了埃尔维克，揉了揉他的头。

就算被秋后算账也可以，先爽了再说！

埃尔维克突然一下被人抱住，整个人肉眼可见地蒙了一瞬，像是完全没有接触过这类肢体间亲密的触碰，颇有些手都不知道往哪摆的无措。

好在苏青痛快地松开了埃尔维克，心情大好，甚至还有余裕逗他："那我以后，是不是还要叫你王呢？吾王、尊上、主君……"

"不用了！"埃尔维克脸红红地高声打断，随即声音又回复到了正常音调，"叫埃尔维克就好。"

他握着苏青的手紧了紧。

"今天，你帮了我。这个，作为谢礼。"埃尔维克将床下的一只箱子打开，这里面装着上次他即使挨打也一直紧紧攥着、珍惜地保存起来的东西。他取出，郑重其事地放到了苏青的手上。

苏青好奇地看着，然后埃尔维克缓缓地张开手，从指缝间掉下了一颗糖。

"这是糖。是甜的。"埃尔维克郑重地介绍，"可以治愈疾病、魔鬼，还有……痛苦。"

苏青又好笑又心酸，看着那颗简简单单的糖块，甚至有点想掉泪。

"好的，我收下了。"她收紧掌心，握住了那颗糖，像是完成了一个神圣的交接。

于是埃尔维克也认真地点了点头。接着他想了想，说了声等等，下床似乎去找什么东西去了。

苏青看着他的背影，将糖一把扔进了嘴里。

一咬。

接着一顿。

苏青缓缓伸出了舌头，舌上鲜血直流。

这不是糖，是刀尖。

苏青看了看埃尔维克，他还在翻着些什么，没有注意到这边。苏青左看右看，悄悄吐在了掌心。

"苏青，跟我来。"埃尔维克转身，手上拿着把钥匙，似乎很高兴的样子。

"好。"苏青笑着答道，将手背在了身后。

尖锐的硬质物扎在掌中，黏腻的糖水似乎在顺着指缝往下流。

苏青垂下眼睫。

她是第一次，发自心底的，这么愤怒。

*** 黑国王好感+1 ***

（继续阅读028页）

埃尔维克带她去的地方是一个藏书的地下室。

"我知道你一直想问我为什么，对吧？"他的声音平静，"本来也没什么可隐瞒的，但只有你，我想亲口告诉你。"故事的开头要追溯到很久以前，神代的中期。那时，南北大陆的界线还不分明，天地间魔力充盈，神明居住于高天之上。而人类，在这世间宛若蜉蝣般朝生暮死、脆弱不堪。但埃尔维克的先祖——奥古斯塔斯，却以人身勇斩恶龙，沐浴在龙血之中吞下了龙心，获得了空前强大的力量。

他于战场上带领着自己的国家战无不胜，最终在中年时统一了半个大陆。因这份前无古人的战绩，当时的人都称其为"荣耀王"。

但人类，只是被神明们创造出来的道具。他们彼此戕害，将一切都化作供给神明力量的源泉。于是，众神之母于荣耀王加冕当日降临，在众人跪拜中矜持地微笑，提出要将王收为义子，代她统治人间。凡是王治下，皆要信仰神母一系的神明。

但荣耀王说："不。我既是人王，便永远是人王！"

神母勃然大怒。于是她降下神罚，诅咒了整个北大陆。

日月双神是神母膝下的双子。从此，太阳再无温暖，北大陆陷入了永恒的寒冷，空气中的魔力彻底干涸，所有北大陆的血脉永生无法修习魔法。

人类依托魔法与神秘建造起来的文明一夜崩塌，退回了最原始、最迷茫，也最恐惧的时代。大陆的中间裂开了一条"深渊"，且随着时间流逝越发扩大。

自此，南北大陆才真正有了分别。

而对于最令神母愤怒的荣耀王奥古斯塔斯，神明也发出了单独针对他的诅咒，并随着血脉，子子孙孙、生生世世地往下延续……

"比如，这代表着不幸的红眸，正是罪孽的象征。"埃尔维克静静地与苏青对视，瞳色纯粹，不沾一丝杂质，宛若最极品的红宝石。

"就算在神明早已隐没的当今，这份诅咒仍然纠缠着每一个奥古斯塔斯的后人。"埃尔维克淡淡道，"自然包括我和我的母亲。"

尽管那双红瞳满是平静，但苏青一瞬间却仿佛被紧紧攥住了心脏。

她伸出手一把抱住了埃尔维克。

埃尔维克瞪大眼睛："怎……"

"别说话。"苏青贴着他的颈侧，用气声低低道。

埃尔维克安静了下来。

狭窄室内的昏暗光线中，他犹豫着抬起了手，然后轻轻放在了她的身上。

无限贴近的胸膛中，两颗心脏一同跳动。

苏青闭上眼睛，在心里悄悄回答道。

因为你露出了向我求救的眼神啊。

即使抗拒着、厌恶着，没有表露分毫，但是，我听见了。

所以，我也向你伸出了手。

苏青在他的背后微笑着想。

啊，不过，这话可不能让他知道呢。

在一片静谧安宁的氛围中，地下室的入口突然传来了咔嚓咔嚓的声音。

她仔细听了听，似乎是有人，在一下下地用指甲挠门。

咔拉——咔拉——

那令人毛骨悚然的声音一下接一下，几乎能想象得到门外的人是怎样半趴伏在门上，伸着长指甲，一下又一下地从上至下，恶狠狠地抓下一道道深深的印子。

那声音越来越大，似乎门外人的动作也越发凶狠，仿佛有着刻骨的恨意。

"我要杀了你。"女人怨毒地喃喃自语，"不幸的孩子，罪孽之子。"

女人饱含着恶意的声音回荡在空旷的空间中，像是一条毒蛇从脚下沿着脊背攀游而上，在耳边嘶嘶地吐着信子。

苏青浑身一阵发冷，忍不住打了个寒战。

埃尔维克见状直接主动握住了苏青的手，温热的掌心一贴上来，就让苏青舒服了不少。

可能是因为现在这副幽灵般的体质，那个刀子糖一脱离她的手掌

就消失得干干净净，也不知道是什么原理。

不过被这一握，苏青感动中还有点愧疚，毕竟黑国王当王的时候就挺照顾她的，现在就这么一点点高，竟然还是他照顾她，她真有点不好意思。

埃尔维克以为苏青还在害怕，便安慰地拍了拍她的手："没事，这都是正常的。"

"正常的？这怎么会是正常的呢？"苏青惊讶看去，发现埃尔维克的眼神还真是平静得没有一丝波澜。

没有恨，也没有爱，就像看到天气阴晴变化般理所当然的神情。

"被人排斥厌恶的少女，只要尝到了一点点爱，便飞蛾扑火般坠落。可惜，这一点爱到底是抵不过恨的，每当寒风吹过，都是在催发这份恨意，所以，他离开了。"埃尔维克淡漠道，"她本就快疯了。她以为诞下孩子后会重拾希望，但在孩子睁眼后，看着那一双相似的红瞳，她还是接受不了，于是彻彻底底地疯了。"

"她厌恶自己，厌恶自己的孩子，厌恶这罪恶的血脉，于是她把自己的眼睛缝上，就看不到眼前的一切。她伤害自己，便好似能借此向虚无的神祈求谅解。'埃尔维克叹了口气，"她不是什么坏人，她只是愚蠢罢了，就像我的父亲一样。"

"以欺侮为乐的小孩，贫穷至死还不断向神祷告的民众……都只是愚蠢罢了。"埃尔维克淡淡地说。

苏青不知道是不是自己的错觉，她好像看到了他正常的圆形瞳孔微微收缩了一下。

像是龙的竖瞳。

"所以我必然为王。"埃尔维克眼含凛然之光，"由我来统治，由我来征服，让即使愚蠢的人，也能愚蠢地生活。而不是终其一生，未

见丝毫光明，便蠢到可笑地死去。"

苏青在这一刻才明白。

有些人，无须砥砺，便生而为王。

门外的女人突然发出了一声尖厉的，呻吟般的号叫，带着长长的哭腔。

"这便是血脉的另一个诅咒了。"埃尔维克注视着门，仿佛在隔着门板，与那个痛苦到极致的女人对视。他轻声道："如果没有这诅咒之血，也许她会疯得没有那么深。"

诅咒之血？苏青很好奇，但再如何追问，埃尔维克也不肯说了。

直到有一天，她亲眼看见了，所谓的诅咒之血，到底是什么意思。

那天苏青正像往常一样，在城堡里乱逛。

她已经找出她这个破体质的规律了，可能是因为毕竟不是这个时空里的人，所以她不能做出任何直接或者间接能够影响到这个时空里的人的事，当然，只有埃尔维克除外。举个例子，她不能直接触摸或者拿起一个苹果，但如果是由埃尔维克在所有人视线之外交给她，就可以确实地被她拿到。所以在很多个夜晚，她都会和埃尔维克一起待在那个地下室里，看着书直到困倦为止。这也是她唯一的娱乐活动了。

这也就导致，在埃尔维克独自出去觅食的时候，他不让苏青跟着他，苏青只能一个人在城堡里漫无目的地乱逛。

但是今天不太一样。

奥古斯塔斯夫人难得端庄地好好坐着，托腮看着窗外。那眼神，竟是难得的，有理性的清澈。

她的长袖自然地向后卷起，搭在手肘上，露出一段雪白的小臂。黑色的长发披散下来，在末尾微带着些卷。她的红眸仿佛盈着水光，

那般静，像是剔透的湖，高贵中又略带着丝忧郁。那几乎是美的。

她轻轻低头，注视着那伤口，表情复杂难辨。

她的眼睛中出现了一股几近落泪般的浓重的悲伤，又夹杂着饱满到溢出的厌恶与挣扎，像是烟花般倏然绽开，又转瞬即逝。

她闭上了眼，然后一口咬住了手腕。

她的牙齿深深地印入了手腕中，几乎把手腕咬穿。

血涌了出来，她的眼睫颤了颤，从眼角落下了一滴泪。接着她突然开始大口吞咽着鲜血，急切得像是野兽。她睁开眼，那眼里已完全是兽性与贪婪，她拼命地吸吮着那鲜血，一直吸到伤口发白。

然后她哭泣、砸摔，破坏着周围一切她能看到、够到的东西，像是完全失去了对自己肢体的掌控能力。

她又变回那个疯子了。或者说，比那之前更疯。

苏青浑身发冷地后退。这就是诅咒之血。

苏青突然感到一阵恶心，从身体内部翻涌上来，让她止不住地想吐。

到底是怎样恶毒的诅咒，会包含着如此深重的恶意，你不是为身为人而自豪么？那么，就先你看清身边"人"的真相，再让你的后代世世代代被血的诅咒豢养为失去理智的野兽。埃尔维克，他……到底经历了什么？

如果在上一个问题中选择了"同意"，请继续阅读。选择"拒绝"，请跳过下一节。（跳至 036 页）

诅咒之血，埃尔维克……苏青脑子里突然一闪。

血！

她想到了那颗包含恶意的糖果。

假如埃尔维克无知无觉地吃到了那颗糖，刺破了舌尖，猝不及防下尝到了自己的鲜血，那可是诅咒之血！

苏青差点跳起来了。

但是随即，一个新的问题出现了。

埃尔维克他，为什么会不知道呢？

一开始苏青还以为是因为埃尔维克年纪小，所以镇里其他人对他恶意的作弄，但她现在冷静想想，黑国王就算是年幼，那也是黑国王，他对其他人的恶意，不应该感受不到。

而且会有这么巧吗？

普通人对奥古斯塔斯诅咒的认知顶多停留在异于常人的红眸上，不知道他们血液的蹊跷才对。难道，会有什么阴谋？

苏青的心狂跳起来。

她思考了一会儿，随后将这段时间一直带着的棋子拿了出来。

苏青自从穿越后一直没动用过魔法，但经过如此漫长时间的冷却，【后】中流动着的光点也才将将积攒了三分之一，另外三分之二的部分还是晦暗的灰色。

还是不能用。苏青有点泄气。

她不知道在混乱的时空中动用魔法的代价到底会大到什么地步，假如一个失误，棋子被彻底抽干，甚至碎裂，她就真的一辈子都没回去的希望了。

苏青咬了咬嘴唇起身，还是把棋子收回了身侧。

如果在正常的时间线上，埃尔维克应该是吃下了那颗糖。然后他一人挺过了诅咒，引起了他的警觉。那么，为了消减她这只蝴蝶的影响到最小，她现在应该直接找到埃尔维克本人警告他！

体力+1　　***　　智慧+1

苏青跑了几步，尽力张望，终于在镇子上一个偏僻的小角落隐隐约约看到了埃尔维克的背影。

她顿时感觉心中松了一大口气。

对嘛，她自己这智商心里也有数，但她想不出来，不代表黑国王想不出来啊！

在原本的时间上，黑国王应该也是自己一人过了这一关，只要跟他说了，他就一定能解决！

苏青脚步轻快地向埃尔维克走去，刚张开口想喊，就听见对面一个略有些熟悉的男声合着风，轻飘飘地吹进她的耳朵里："你真的想好了吗？"

苏青的脚步顿时停了下来。

埃尔维克背对着她，声音比平时更沉，也更加锋利，像是一柄半滑出刀鞘的刀。

"没什么想不想好的，我不需要。"他嗤笑道，"凭我自己的力量，难道不够？"

对面的男人撑着把黑伞，闻言低低地笑了一声，饶有兴趣地抬起了一点伞檐，惯常隐藏在荫翳下的桃花眼暴露出来，眼波流转间含着莫名的笑意。

苏青见此才真正确认了，这人赫然是——墨千秋！

他怎么会在这里？！

而且，他的年龄、身形完全跟几十年后，她刚见到他的时候一模一样……除了没有眼下那点逶迤的红痕。

"先别急着拒绝。"墨千秋挑起唇角,意有所指,"我只是个小商人,

自然不会做亏本的买卖。在我看来，这可是世上最平等的等价交换了。这力量吗，也不是哪一方好，只是使这劲的方向不同，结果自然也就大不一样，大多时候，还是混着来好，你明白吗？"

"啰唆。"埃尔维克皱眉，似要转身。

苏青当即蹲下，把自己藏在了墙后。

埃尔维克毫不留恋地走了。路过苏青藏身的那个角落时，似有所觉地顿了一顿，但很快就加快步伐离开了。

苏青拍了拍胸口，无声地松了口气，要知道，她已经快对"和黑国王捉迷藏"这个游戏环节产生心理阴影了。

但是这口气还没松完，就听见墨千秋带着笑意的声音近在耳畔：

"这位姑娘，可是手脚无力，要在下抱你起来吗？"苏青被惊得一扭头，就看见墨千秋撑着那把黑伞，不知何时已经站在她身后，正笑意盈盈地看着她。

苏青心想：得了，真产生心理阴影了。

虽然知道是这人有类似于瞬移一样的能力，但还是很吓人。

等等，不对，墨千秋怎么能看到她？！

"嗯，看来是位难得的顾客呢。"墨千秋眨了眨眼睛，眼中似乎闪过了一丝什么，"你是误入这条时间线上的旅客吗？还是陷入了不得了的麻烦中呢？"

"你不认识我吗？"苏青问道。

本来她还以为墨千秋也是穿越来的，但如果不是的话，墨千秋保持着一个模样活了这么多年？那他到底活了多少岁了？

墨千秋愣了一下，似乎有些苦恼地笑了笑："原来是过去认识的客人吗？这可真是意想不到。我猜，您应该拥有归属于神秘的血脉吧。可惜，我只是个人类罢了，如果一直活着却不忘记的话，以这孱弱的

人身可无法承受。所以我会定期服用遗忘的药物，在这点上，还请您多多原谅。"

苏青没说话，突然而来的信息量有点太大，她还处在被动接受状态。

墨千秋察言观色之下顿觉不对，眼睛一转，试探道："难道，您不是这个时空的客人？"

苏青：！

墨千秋眯起眼睛，攥着伞的手收紧了。他直直看进苏青的眼睛，气势也微妙地变得强势了起来。

"你到底是谁？"

这时你选择：

我来自另一个世界　　　　　　　　我来自未来

（继续阅读039页）　　　　　　　　（跳至041页）

错过的救赎

◆

"我来自另一个世界。"苏青选择性地说了一部分真话。

"另一个世界？"墨千秋若有所思地点了点头，"确实，那看见过我也不算奇怪。"

过关了吗？

苏青悄悄看他，却看见墨千秋的笑容又扩大了些许，那双桃花眼的笑意几乎要满溢出来，目光却仍然停留在她的脸上。

苏青突然有种不妙的预感。

"想必一定是天定的缘分，才能让姑娘不远万里，在这陌生的世界与在下相遇。"墨千秋白玉似的手轻轻抚上了苏青的脸侧，声音低沉温柔，仿若情人间的低语，"我看到了你的身上，欠着在下的人情呢。"

苏青悚然而惊，下意识便想挣脱，但身体却僵直在原地不能移动分毫，只有眼珠转了转，惊恐地看向眼前的男人。

"在下这把伞，正是异世界的产物。可惜，单只有形，就算再怎

么珍稀，也只是件死物罢了。"墨千秋凑近苏青，像是要给她一个吻。他凝望着苏青灵动的眼睛，无限缱绻地笑了笑。那黑伞面上，一条游龙穿梭于星辰之中，随着这声笑仿佛活了过来，那双贪婪的眼睛也随之落在了苏青的身上。

"在这神秘隐没的时代，想要找齐材料可太难了……除非跟那些……做生意才行。"墨千秋状似无奈地抱怨道，转而重又愉悦起来，"不过，一个命运线之外、规格之外的灵魂，抵得过一切。"

苏青的目光渐渐模糊，她的眼睛也开始逐渐失去神采。

那条伞面上的龙也越发灵动了起来，几乎像是要破开伞面，飞天而出。

意识的最后，苏青好像感觉到下落的身体被墨千秋揽住了腰。

"等价交换。"他彬彬有礼地笑道，"我们商人一向的原则。"

"我来自未来。"苏青想了想，还是说了出来。

墨千秋顿了顿，往天上看了一眼，接着突然将苏青一揽，让她也处在了被伞面所遮蔽的荫翳下。

苏青猝不及防下被迫贴近了墨千秋，她下意识就想挣扎，但墨千秋却沉声道："别动，会被听到。"

苏青停了下来，狐疑地看向他。

墨千秋原本惯常挑起的嘴角降了下来，眼中一直似笑非笑的神情也冷得可怕。

他张了张口："是……"

苏青差点以为自己聋了，明明看到了他的嘴在动，但自己却听不到一点声音。

结合之前的事，苏青做出了个大胆的猜测："难道是神——"

墨千秋突然捂住了苏青的嘴。苏青瞪大了眼睛。

他脸上露出了无奈的神情，对苏青摇了摇头。

苏青懂行地点了点头，这才重新获得了说话的自由。

"现在，那些个谁，不是已经消失了吗？"

"大部分都已经消逝了，但是有些……只是不能直接影响人间罢了，还没有死心呢。"墨千秋笑了笑，"也多亏了这些逆势而为的，我可马上要做成一笔大生意了呢。可惜，还差最后一步啊。"

苏青意识到了什么："难道是埃尔维克？"

"这是奥古斯塔斯这一代后裔的名字吗？"墨千秋笑眯眯地点了点头，"正是他没错，只要他同意了那个交易，我与……的交易就完

成了，能给我不少现在已经得不到的好东西呢。"

"什么交易？"苏青紧紧地盯着墨千秋。

"这，就要姑娘拿未来的情报来换了。"

苏青心想：好家伙，原来在这等着我呢。

她三句并两句地匆匆概括，选择性地讲了部分事情。

"那么，按照规定，我也将情报告诉给姑娘。我想要与奥古斯塔斯交易的，是一项古老又平等的交换。"墨千秋颔首，"以血换血。"

"以人类之血，交换恶龙之血。交换人会获得无比庞大的力量。"他轻声道，"但是人类弱小的精神会一瞬间被龙类数万年的记忆冲垮。即使其中仅余龙类的残魂，也能将人类脆弱的灵魂碾碎上百次。"

"虽然那位埃尔维克，似乎看上去灵魂格外强韧，但【——】交给我的，里面可是包含着一整个凶残暴戾的恶龙的灵魂。"墨千秋微笑道，"等他身死后，那副留存着神代印记的躯体，便是召唤神灵最好的容器。"

苏青脊背发麻。

不行，不可以，埃尔维克他，必须、必须马上告诉他……！

苏青警惕地看着墨千秋，小小地后退了几步，墨千秋仍是那般微笑着。

像是猜到了她在想什么，他轻笑着开口："交易出去的交易品，便是你的了，你大可以尽情使用。商人不会在这上面出尔反尔。"

苏青的心脏仍在不安地怦怦跳动，她那不祥的预感从刚才就开始作响，到现在越来越尖锐。

来不及思考那么多，她只能先向城堡跑去。

"人啊，虽然很多时候是为了贪婪而渴求力量。"墨千秋凝望着她的背影叹息了一声，"但大多数时候，都只是无能为力罢了。"

无能为力。

苏青站在原地，这种感觉从四肢百骸渗透而出，蛀蚀了她冰冷的指尖。

昏暗的光线下，是一片晕染而出的血色。

埃尔维克半跪在一片血泊之中，奥古斯塔斯夫人格外安静地躺在地上，靠在他的怀里。

她死了。

埃尔维克的母亲死了。

苏青好半天才找回了自己的声音。

"这、这是怎么回事？我只是，离开了一会儿……"苏青大脑一片混乱，出口的破碎词句勉强才连成了有意义的句子。

埃尔维克没有抬头。

"我杀的。"他说。

"什么？"苏青没反应过来。

"我说。"埃尔维克抬起头，声音几乎平静到了冷酷的地步。

在昏暗下，他的双瞳格外亮，仿佛正在燃烧。只是在那纯粹的红色中，似乎掺入了丝丝缕缕淡金色的碎片。

"我杀了她。"他说，"我亲手杀了，我的母亲。"

***　黑国王好感+1　***

又下雨了。

苏青很讨厌雨，尤其是这里的雨。倾颓的墙壁挡不住夹杂着雨水的冷风，走在由石砖搭建的城堡中，潮湿的冷意渗入肌理深处，宛若附骨之疽般粘连在每一块骨头的间隙中。

血已经冷了。

苏青与埃尔维克在阴影与雨声下对视。他血红色的眸子深邃而暗沉，其中的几许金色突兀得令人心惊。苏青恍惚间仿佛看见了某种爬行类的冷血动物，被锁链牢牢锁在血海深处，但仍不死心地日夜凝视着海面上的人间。

被这深渊般的一双眼眸凝视着，如果是以前的苏青，估计现在已经恐惧地后退了。

但是，现在她却只是缓慢地向深渊走去，埃尔维克仍是那样冰冷地看着她，似乎在观察，又似乎在警惕着什么。苏青走到他面前，蹲

下来，然后慢慢地抱住了他。

埃尔维克僵住了。

"我的王啊。"苏青拥抱着那具冷得像冰块一样的、单薄的身体。她深深地呼出一口气，叹息地说出这句话后拥得更紧了些，试图用自己的体温让这具躯体温暖起来。

她早已不怎么掉泪了。当初刚来到这个时空的时候，她又痛又怕，那么难也没流一滴眼泪。

但现在，她心中饱满的酸涩鼓胀起来，一路冲到她的眼下，让她几乎忍不住这股想要落泪的冲动。

她有许多话想说，却又都哽在喉间，说不出来。

到最后，她也只是闭了闭眼，将下颌搁在他的肩上，轻轻地说了一句。

"抱歉，我来迟了。"

埃尔维克好半天才眨了眨眼睛。随着眼皮开合，他眼中的金色缓缓黯淡下去，化作暗金色的碎片沉淀于眼底。

他僵硬地缓缓抬起手，又突然顿住，停滞在空中。

这时，一滴泪滚进了他的脖颈中。

明明如此软弱，却又带着惊人的热度，一路烫到了他的心底。

埃尔维克的手终于还是落了下来。那么轻，像是怕惊扰到了什么，又像是不敢相信般，几乎带着丝小心翼翼的意味。

他的手终于还是搭到了苏青的肩上。

紧接着，他闭上了眼睛，下颌绷紧，缓慢又不容拒绝地收紧了手臂，像是要将怀中的少女融入骨血般，死死地抱住了她。

"你如果早点出现，该有多好。"

他低低地说，声音嘶哑，几不可闻。

阴暗的古堡下，罪恶的血泊中，他们相拥。

在之后几年的睡眠中，苏青总能听到这夜的雨声。

苏青醒来的时候，议政厅还亮着。

她叹了一口气，本来还想努力尝试下继续睡的，这一看便就无可奈何地爬了起来，准备去把某位总以为自己不需要睡眠的王赶到他自己的房间睡觉。

虽然当年埃尔维克事后说，他只是换取了大概一只手的恶龙之血，还远远不到会触碰到灵魂的危险线。但是苏青表面上相信了，心里还是暗暗担心。

尤其是埃尔维克这几年的身形愈长，刚刚脱去少年的雏形，从外观上来看介于少年与青年之间，兼具着少年的锐利与青年的成熟，也离后世中那个苏青知道的黑之国之主越来越近。

这中间肯定是出了什么事，才让黑国王一直保持着这个外表，一直到后世。

苏青默默想着，抬手象征性地敲了敲门，随后便直接推门而入。

出乎她意料的是，这次埃尔维克竟然没在处理政事或者半靠在主座上睡觉，而是静静地看着窗外的夜空。

"你来了。"埃尔维克没回头，随口道。

"可不是来了吗。"苏青随手拖了张椅子在埃尔维克对面坐下，没好气道，"我们的王在干啥呢？大晚上不睡觉在这看星星？"

"你觉得我是个怎样的人？"埃尔维克突然问。

苏青警觉："这是什么送命题？年终考核吗，不吹够一万字好话不给走的那种。"

埃尔维克无奈地勾了勾嘴角："你还真是一如既往。"

"不闹了。"苏青笑了笑，又正色道，"我觉得你是个好人。"

苏青真是这么觉得的。她也不是故意发卡，只是无奈语文成绩欠佳，脑子里过了一轮，好像无论什么形容词都差着那么点意思，最后只能诚恳又苍白地说出了这个回答。

埃尔维克真的很好。无论是作为埃尔维克，还是作为王。

但是对面的埃尔维克却笑出了声。

"那天，我母亲临死前，也说了这句话。"他淡淡道，"她说，希望我能做一个好的人。"

时隔多年，他第一次在她面前提起那一晚的事。

于是苏青终于抓住了机会，抛出了自己埋藏心底的疑问："那晚到底发生了什么？"

"诅咒之血，除了强烈的成瘾性外，还有一个特点，就是情绪越激动极端，血液便越倾向于凝冻。那晚，她咬穿了手腕也没能喝到一滴血，彻底失控了。"埃尔维克平静地讲述道，"我刚好回来，于是她向我扑了过来。我换了血，力量大增，于是把她杀了。她彻底死亡后，血液重新开始奔涌，才会满地都是血。"

他抬起眼睛，如果仔细看，会发现他眼底仍沉淀着琐细的暗金色。

"我厌恶神，但我自己现在也不是纯正的人。我母亲似乎想让我做个好人，但我这些年也杀了不少人，估计称不上了，于是我便想成为一个好的王，但却成了'暴君'。"埃尔维克语气也没什么起伏，只是难得透露出一丝自嘲，"真是可笑的命运。"

这是单单作为埃尔维克，只有在苏青面前才能泄露出一些属于一个"人"的情绪。

而这些，作为"王"的他，是不被允许展露出一丝一毫的。有情感便意味着有倾向，便意味着可被揣测，再下一步就是权威的破灭与

无所不用之极的利用，这是为王的大忌。

"管别人说什么干什么。"她拍了拍埃尔维克的手，大声道，"你当王本来就是最厉害的！就是很好！"

埃尔维克像是愣了一下，随即扑哧一下，捧腹大笑。

苏青跳起来："干吗？！我说的真话！"

"我知道我知道。"埃尔维克脸上还带着笑意，看着苏青摇了摇头，"你还真是，一如既往。"

埃尔维克今晚已经连续提了两次"一如既往"了。苏青坐下后警觉了起来，"发生什么了吗？"

毕竟明天就是埃尔维克第一次正经的加冕仪式了，现在容不得一点差错。

没错，本来刚立国就该举行的仪式，居然硬生生拖到了现在。

就这样居然还有人骂埃尔维克，苏青鼓起脸颊。

埃尔维克本来就对这种礼仪式的虚名不很在意，看苏青这副气鼓鼓的样子还忍不住上手捏了一下。

"真可爱。"埃尔维克含着笑意，又捏了一下。

"王！！！"苏青毛都快炸起来了。

"其实，今天还是发生了件事的。"埃尔维克故意转移话题。

很吃这一套的苏青果然立马被吸引了注意力，连他的手指没拿下来这事都忘了，她紧张地问："什么？发生什么了？"

"我父亲找来了。"埃尔维克淡淡道。

嗯？父亲？苏青一时没反应过来，搜寻记忆后终于想起了个关键词。

"是那个抛妻弃子的渣男！"苏青怒发冲冠，已经开始撸袖子了，"你等着，我去殴打他一顿！"

"不用。"埃尔维克终于露出了点笑的模样，"他现在变了许多了。"

"嗯？"苏青疑惑。

"是那个商人带着他来的，想用他换在黑之国境内的经营权。竟敢还在本王面前出现，真是胆大包天。本王虽允了，但剜了那商人的一只眼睛，还是把那男人留下来了。"埃尔维克漫不经心道，"不过本王竟然没当场杀掉那男人，真是奇妙。"

"是墨千秋带来的？！到底怎么回事？"苏青瞪着他。

埃尔维克随意地点了点头："如果真好奇的话，明天加冕时那男人也在。到时，就能看见了。"

看着苏青亮晶晶的眼睛，埃尔维克终于还是忍不住，又捏了一下她的脸。

"埃尔维克！"苏青掀椅而起。

第二天的仪式还是正常举行了。

埃尔维克穿着一身红袍，内里的剪裁却类似于军装，金属链条环过他劲瘦的腰身，泛着冰冷的银光一闪，又被重新掩于长袍之下。他庄严肃穆，缓缓走向至高的王座，袍角边滚着昂贵的皮毛。

无数人站在道路两旁，目光追随着王向高处而去。明明人群庞大，却安静地连呼吸声都销声匿迹。

乐师团奏起恢宏的乐章，光石铺满了地面，辉煌光耀。天上的太阳却仍是那样暗淡苍白，一时竟分不清，哪里是天上，哪里是地下。

苏青没有站在两旁的人群中。她站在道路的起点，遥望着她的王登上王座。

埃尔维克站在王座前，拿起了座上的王冠。

乐队的乐章戛然而止。

"本王的子民们啊——"埃尔维克开口，威严的声音沉重又响亮，

于高处向四周扩散。

"曾经，只因神明的一己之私，我们的家园被尽数摧毁。无数人颠沛流离，失去性命。看吧，那个天上的，正是被称之为神的鼠辈自私的证明。难道身为人，便永远要卑躬屈膝、匍匐于神的脚下？"

全场一片寂静。

埃尔维克嗤笑了一声。

"如果神明抛弃了我们，那就抛弃神明！如果太阳收回了眷顾，那就创造太阳！如果神不能为人所用，便是世上最无用的废物！"

埃尔维克扫视一周，视线微不可觉地在道路末端停留了一下。

他张狂地一笑，石破天惊般高声道："神明已死！"

他高高举起手中的王冠，将它落至自己的头顶："现在是人的时代！"

埃尔维克的声音久久回荡着。

众人一时都失去了言语。

所有人都瞪大眼睛，张大嘴巴，仰望着王座之上的王。明明是一如往常阴郁的天气，不少人却像是直视了太阳的光辉般，被刺激得落下了眼泪。

只有苏青独自一人站在道路的起点，眼中饱含着复杂的情绪。她凝望着那个男人，那一身王袍，头戴王冠的身影，恍惚间终于彻底与她记忆中的黑国王重合。

良久，她终于微笑起来，轻轻地鼓了鼓掌。

"吾王——永恒。"苏青仰起头，向顶端的王无声地说。

而王锐利的眼神投射下来，瞬间便准确地与苏青的视线相接。

在这万籁俱寂、足以改变历史的时刻，没人知道，万众瞩目的王，其实正凝视着一位本不应存在于这段历史中的幽灵少女，并露出了一个足以称得上十分高兴的、被取悦到的笑容。

离得太远，苏青其实根本看不见埃尔维克的表情，但是她还是直觉性地感受到了王的目光。于是她笑得更开心了一些。

她与他的关系，在这几年的相处中，已经无法用一个词简单定义了。虽然他们从未向对方倾诉，但他们知道，他们既是君臣，也是朋友，又是亲人，还是……

苏青短暂地压下思绪。

她突然想起了昨晚。

仪式上所有人都是有固定的位置的，所以当然也包括那位"父亲"。而埃尔维克后来硬是被她逼问出了"父亲"的所在。

因为曾了解过这位不止抛妻弃子，还多次家暴的渣男往事，在苏青的想象中，他肯定是位身材高大但面容油腻，气质满是粗俗暴躁感的中年男性。

让你渣！现在肯定悔到肠子都青了吧！

苏青暗搓搓地想。

但是当她真的见到那个男人的时候，却一下子不知道说什么了。

他不强壮，也不高大，甚至瘦弱得像一具骷髅，肚子却高高挺起。苏青很久没在黑之国境内看见过这样的人了。虽然他强行披着件华丽的衣服，却仍然能一眼看出他不属于这里。

他正跪在地上，向着王座的方向深深俯首，额头重重地敲在地面上。可能因为四肢太过瘦弱，远远看去像是一摊皮骨摊在了地面上。苏青走近了，才发现他还在颤抖。他腰间挂着的一把格格不入、装饰精美的匕首，随着这颤抖竟然发出了咯咯的响声。苏青站在原地看着那个男人好半天才停止了颤抖，努力了许久才撑着骨头站了起来。中间她险些以为那些骨头会刺穿皮肤支棱出来。

周围的人忙忙碌碌，觥筹交错间皆是夸张地赞颂着王的话语。

他们称埃尔维克·奥古斯塔斯为伟大荣耀的太阳王，将为这片永冻的寒冷之地重新带来光明与热量。他将掌控整个北地，甚至统一整片大陆，将黑色的光芒洒向所有天空下的土地。

没人搭理那个男人。他只是卑微地站在原地，像一团畏畏缩缩的动物。

宴会进行到最盛时，埃尔维克在欢呼声中盛大出场，于高高的王座上举起酒杯。

所有人都跟着举杯。

那个男人也忙不迭地跟着举杯，但膝盖却不自觉地弯曲。

苏青心情更复杂了。她仍然觉得他可恨，甚至觉得他活该，但又觉得他可怜。

这时，一个将士急匆匆地一路跑来，砰一声跪在了门口。

"紧急战报——"将士沉声道，"王，有敌军来犯。"

"说。"

"北大陆剩余国王订立盟约，将要攻打我国！"将士跪在地上，"斥候死在了路上，消息传递的时间有错漏，联军恐怕不日将至。"

"黑之国主，血腥之王。罪孽之子，神诅之血！

践踏尸骨于泥土之中，杀戮人民于亲末之前！

杀父弑母，残忍成性；统治无道，暴虐横行！"

对面打头将士的声音清晰可闻。

苏青站在城墙上。墙下一人独自出列，正叫嚷着。后面是密密麻麻的军队，人头攒动，黑压压的一片直铺到天际。

士兵们一齐大吼：

"杀父弑母，残忍成性；统治无道，暴虐横行！"

无数人的声音组合在一起，汇成一股震撼的声浪，将整个王城淹没于其中。

那将士又喊道："城内的人民听着，我们只惩治北地的罪人，奥古斯塔斯！将他的血，献给无上的神明，一定会让神明高兴，收回对北地的诅咒！我们又能重回荣耀神代的生活了！"

他振臂高呼："杀王救民！"

士兵们举起武器一声接一声地吼："杀王救民！杀王救民！"

苏青直面这巨大的声潮，几乎被震得向后仰去，但她更紧张地看向了身边的埃尔维克。

黑之国的军团全是由精锐者组成的，且他们刚刚统一半个大陆，正是鏖战后休养生息的时间，根本没什么有生兵力。假如这时强行应战，士兵必定死伤无数，民怨更会沸腾。而且，对面的联军人数，真的太多了。

这是只针对埃尔维克的，令人恶心的下等阴谋。

埃尔维克没什么表情，只是唇边挂着一丝嘲讽般的笑意。

"真是一出垂死挣扎的好戏。"他冷冷地嗤笑道，"所谓的神，也就这么点本事吗？"

"什么？！"苏青震惊，"我说他们怎么突然就握手言和了，原来是因为神？"

"明明视人类如蝼蚁，却又不得不依靠人类。这临死前恼羞成怒的反扑，还真是让本王好好欣赏了一幕滑稽剧啊。"黑国王怒极反笑，眼底沉淀的金色宛若熔化般混进了那一汪血色之中，瞳孔也逐渐收缩、拉长，向龙类的竖瞳靠近。

"虽然明知道会变成这样。"那眼瞳中的金色像是燃烧了起来，他偏了一下头，看了一眼苏青："但我不能容忍你有任何一丝危险的可能。"

他一脚踩上城墙的围栏，跃过墙边后短暂地滞空了一瞬。

苏青一时没反应过来，大惊失色下伸手一捞，却只抓住了那件鲜红的王袍。

"等等，埃尔维克，不可以！"

在下落的短短几秒中，埃尔维克浑身的肢体发出了令人牙酸的咯吱声，骨头全部在肌肉中被打碎，再硬生生地拼合重组；双眼中金色的光辉盛烈到可怕，那瞳孔也开始剧烈地收缩。

在他脚尖落地的那一瞬，以那脚尖为中心的地面下陷、碎裂，向外延伸出一张密密麻麻的蜘蛛网。他完全落至地面时，方圆五里内的土地全部崩裂，向上炸起沙石！

士兵们全部下意识地向后退去，只见风沙中，黑国王一双竖瞳宛若流动的黄金，泛映着轻蔑又冰冷的辉光，像是远古的恶龙俯视着抱团成群的蝼蚁。

他活动了一下手指，反手直接撕裂了空间，从虚无中伸出手去，攥住了什么东西。

他臂膀用力，脆弱的肌肉鼓起又爆裂，绽开一蓬血花，又飞速愈合。那血液落到地上，发出强酸腐蚀般的嗞嗞声，难以想象它真切地流动在血管中的情况。

埃尔维克面无表情，仿佛根本没有感觉，从虚无之中抽出了一柄剑。

苏青一看那剑便仿佛大脑被重击了一般，开始耳鸣、晕眩。那剑无可名状、一片空白、一片混乱，不属于任何可以被人类认识到的物质，所谓"剑"的概念也只是苏青片面中仓促安上的分类。"它"的本体甚至连"看"这个行为也不被接受，越是集中注意力，眼睛便越是无法承受。

埃尔维克握着那剑，一人长身而立，面前是仿若无穷无尽的千万大军。

"来吧。"他嘶哑道。喉间仿佛回响着来自远古的低语。

领军的这才如梦初醒般连连后退："你、你疯了！你这是饮鸩止渴！就算现在解决了我们，你也必死无疑！"

"只有蝼蚁会恐惧力量。"他扯起一抹戏谑的笑，那不似人类的竖瞳愉悦似的眯起，更加重了这种具有无限恐怖的压迫力。

"而天下所有力量，都应向本王臣服。"

在士兵们恐惧的眼瞳中，黑国王背对着他的城池、他的子民，慢慢举起了手中的剑，向全世界威严地宣告："本王既是人王，便永是人王！"

第 ⑤ 章
不屈奏章

　　苏青疯狂地奔跑着，从城墙到王宫，再到主城的城门。她第一次讨厌这繁华得过分的王城，只恨不得自己跑快一点、再快一点。

　　怎么能这样！埃尔维克！

　　禁忌的、以血换血的交易，饱含着神的恶意，明明已经答应过我的！

　　这时她才猛然发觉，她无法想象失去埃尔维克的画面。

　　苏青猛地停下，一口血堵在喉咙口，肺里烧灼般嘶嘶地疼。

　　她扶住城门大口喘了几口气，随即穿过了城门。

　　展现在她眼前的，是一幅地狱般的图景。

　　人类躯体的残肢与碎片堆叠成山，血肉与泥土混在一起，粘连着一团团的皮肤组织。无数人哀号着逃离，下一秒就被后面更加恐惧的人慌不择路地推倒，硬生生地被踩踏成一堆烂肉。

　　天上的太阳仍是那么苍白，仿佛整个天空都被染上了荫翳的血色。

埃尔维克站在尸山下，独立在上下一片血色之中，无趣般垂着眼睫。他手中的剑早已消失不见，整个手掌连带手腕也烧灼得一片漆黑。

　　但敌人们早已吓破了胆子，所有人都在逃跑，拼尽全力远离那个非人的魔鬼。只有苏青一人，向他缓缓走去。

　　埃尔维克侧了侧耳，抬起头直视向她。那纯粹的金色带着慑人的威迫，不掺杂一丝杂质。已定格的竖瞳微缩，满是非人的异类感。

　　但就像多年前一样，宛若命运般，苏青仍是坚定地、一步步地靠近那令人恐惧的深渊。

　　她站定。

　　埃尔维克凝视着她，像是狩猎者在打量着猎物。

　　苏青深吸一口气，向他张开了手臂，袒露出脆弱的心脏。

　　"拥抱我。"她毫不闪躲地直视回去，"我便永不离开。"

　　埃尔维克与她对视，喉咙间滚动着低低的、兽似的咕噜声。

　　他靠近她，同时紧紧盯着她，不放过任何一丝她眼神的变化。

　　他们无限靠近时，埃尔维克抬起了手。

　　苏青闭上了眼，然后落入了一个炙热的怀抱。

　　"这真是我听过的，最动人的情话。"埃尔维克含着笑意的声音从头顶传来，"那么，一言为定，本王可不容许欺骗。你要永远，留在本王的身边。"

　　苏青一口气冲上脸颊头顶，开始在埃尔维克的怀里拳打脚踢："那是一回事吗！怎么就情话了！还有，你这个不负责任的王，我今天一定要狠狠殴打你到认错为止！"

　　"好了好了，随便你怎么惩罚我。其实我很有自信，还有一部分是你的功劳。"埃尔维克宽容地放任了苏青的动作，甚至还往下滑了滑，揽住了她的腰更方便她的动作。

"跟我有什么关系？"苏青从他怀里冒出个头，警告道，"别想转移话题。"

他想了想，严肃道："其实我曾经很讨厌人类。"

苏青："啊？"

"人类这种生物，鄙陋、丑恶、愚蠢……人类从生下来，天性中便想要践踏他人，又天生想要跪拜他人。盲目愚笨、用尽一切手段地活着，却连活着的目的都无法说清。"埃尔维克自嘲地笑了笑，"但我仍咬牙切齿地爱着人类。即使我身体里奔流的已完全是非人的血液，但我仍凭着此时此刻、正在发声的这个意志，坚定而近乎愚蠢地爱着人类。所以当我坚守着身为人的意志时，便在灵魂上战无不胜。"

"而你。"埃尔维克忽然拉近了距离，将手掌贴近她的脸侧，深深地注视着她的双眼，"你是我能够愚蠢的勇气。"

他的眼瞳渐渐从下而上，泛起鲜润的红色，再一眨，便恰到好处地融合成了完美的赤金色。

像是一池以鲜血熔炼的黄金，灼然而强势地烫进了她的心底。

苏青心脏短暂地停跳了一瞬。

接着突然城门大敞，无数平民潮水般涌了出来。苏青一惊，下意识就想把埃尔维克挡在身后。但又一想别人根本看不到她，挡不挡的根本没用啊！

平民们似乎被这血色的场景吓到了，紧接着便围了过来，离埃尔维克隔了一大片距离。

苏青更紧张了。

不会要在这里声讨王的"暴虐残忍"吧！拜托，埃尔维克刚刚救了你们好不好！你们不会真以为那些人进了城会对你们很好吧！

埃尔维克脸上的笑意也沉淀了下来。他抱臂站在原地，挑了挑眉。

平民们左看看右看看，终于有一个领头的人站了出来，他满脸紧张，动作夸张地张口。苏青不忍地闭上了眼。

"吾王永恒！"

欸？苏青惊讶地睁开眼。

平民们颧骨上染着兴奋的潮红，用力而大声地一齐喊着："吾王永恒！吾王永恒！"

在这带着热量的声潮中，苏青惊喜地看向埃尔维克，发现他原本绷紧的下颌也放松了下来，甚至还心情颇为愉悦地随意点了点头，权当作对子民们的回应了。

"恭迎吾王回城！"人群中有人大声叫。

"庆祝吾王得胜归来！"

"赞颂吾王神勇无双！"

在一片喜气洋洋中，埃尔维克被民众们簇拥着往城内走。

苏青笑意吟吟地看着，按她对他的了解，他现在是真的难得的放松。明明嘴上说什么英明的王不需要在意愚民的想法，但其实心里还是在意的嘛！

她一边这么想着，一边注视着他，然后看见了人群中有什么亮亮的东西一闪。

她顿时大喊："王，小心！"

王听见了，但也来不及了。

他被人从身后一刀贯穿。

人群哗地散开了。

王回头，看见了那个刺杀他的人，他的父亲。

那个男人松开了手，任凭匕首留在王的体内。他抖抖索索地颤抖着，跪下向天空呐喊："神啊，你的要求我做到了，现在，请赐我……"

他的声音戛然而止。埃尔维克直接扭断了他的脖子。

杀父弑母。

整个世界的声音仿佛在一瞬间远去。时间无限延长，她的动作迟缓，只有埃尔维克迅速灰暗下来的脸色格外清晰。

只有那曾经回响过的声浪重新扑了上来，将她淹没。

"杀父弑母，残忍成性！"

"统治无道，暴虐横行！"

埃尔维克摔落下去，眼睛却偏执地扭向了苏青，定定地与她对视。

世界模糊成浓郁的色块，一滴滴地向下滴落黏稠的液体。

一片扭曲中，回忆中埃尔维克的脸微微笑着："不过本王竟然没当场杀掉那男人，真是奇妙。"

现实中的埃尔维克不管不顾地向苏青伸出手。

脸色灰暗，但眼睛却满溢着执着，亮得惊人。

只有几步，明明只有几步！苏青几乎逼出了自己全部的潜力，拼尽全力向他伸出手去。还差一点，就差一点！埃尔维克的手落了下去。苏青奋力一抓，只将将握到了一团空气。

埃尔维克的眼睛死死地盯着她，几乎渗出血来。但那瞳色也迅速地开始灰暗。

"记住我。"他最后张口，声音嘶哑，"我爱你。"

说完这句话，他的眼睛就彻底暗了下去。

苏青茫然地看着他，一时完全不能理解发生了什么。

世界开始尖叫。

乱，好乱。一切都在变形、扭曲、推来搡去。

只有埃尔维克苍白的脸，和那双至死也不肯合上的双眸。

苏青颤抖地伸出手去，摸他的鼻息、心跳。

一切都在旋转，倒转。不对、不对，埃尔维克是未来伟大的黑之国君主，统一了整个北大陆的王才对，怎么可能死在这里！

那张微笑着的脸又出现了。他说："本王竟然没当场杀掉那男人，真是奇妙。"

他又说："你是我能够愚蠢的勇气。"

是我。

苏青近乎绝望地认定。

在原定的过去，埃尔维克也许一见面就杀掉了他的父亲，她这只微不足道的幽灵扇动翅膀，将埃尔维克卷入了一场血腥的讽刺剧。

是她吗？是因为她，所以埃尔维克变温柔了吗？温柔就会害死他？原来温柔真的就是愚蠢吗？

世界在肆意尖叫着，嘲笑着她。

她看着自己的双手，血色从指尖开始层层晕染，指缝间滴落的不知是泪还是血。

"埃尔维克。"苏青的眼泪止不住地落下，"我一直没敢跟你说，其实我不是什么独属于你的幽灵，而是另一个世界的人，只是、只是因为任务，才一直留在这里，我骗了你，对不起。"

"我们那个世界普普通通，好人不是很多，坏人也不是很多。大部分人跟我一样，都只是个普通人罢了。但是我知道，无论怎样，自己做的事，是要自己负起责任来的。"苏青的情绪逐渐冷静了下来，甚至停下后还能颇为勉强地扯了扯嘴角。

"我只是个普通人啊。容貌平平，既懦弱，又自卑，遇到事控制不住地想哭，但其实，即使是这样的我，也偷偷期待过成为像王那样闪闪发光的人。"

苏青又想哭了，她胡乱地抹了抹眼泪。

"你看过我们那边的电影吗？我小时候看那种赌博的电影，主角将所有东西一次性全部赌上，一念富可敌国，一念倾家破产，那种一往无前的勇气，真的帅惨了。"

"但我既胆小又穷，所以一辈子也当不了主角。"苏青哭似的笑了笑，"但我现在才发现，原来那时候只是因为没有遇到你。"

"其实我一直很后悔，假如当年……我也许可以救你。"苏青喃喃地张开手。

一枚晶莹剔透的棋子躺在她的手心。

"好在还不算晚。"苏青眼中仍含着泪光，笑了。

她站起来，注视着棋子，轻声道："现在，轮到我来做英雄了。"

紧接着她一把攥住棋子，捏碎了它！

比任何一回都要明亮的白色光芒猛然爆开，时空剧烈震荡起来，大地倾斜，天空变色，无数空间裂缝凭空出现，露出后面混沌的空间。苏青坚定地伸出手，凭借着棋子破碎时产生的巨大力量，挣脱了时空线加诸万物上的枷锁，像一条银白色的游鱼，迎着时间的逆流溯流而上。

无数破碎的时间碎片仿佛自发般聚拢于苏青身侧，加冕时的埃尔维克、笑起来的埃尔维克、抿着嘴唇生气的埃尔维克……

苏青一边在心里说着抱歉，一边继续前进。

越往回，时空的阻力就越大，苏青猛地咳出一股鲜血，身体已经开始逐渐崩解。

不够，还不够。苏青焦急地寻找着，终于在看见前方不远处的碎片时眼前一亮。

比初见时更加幼小的埃尔维克浑身是伤，独自躺在地面上，呆呆地看着天空。不知想到了什么，像是想索取着什么似的，向着那布满星星的夜空伸出了手。

苏青努力越过最后一层阻碍，向着那片碎片中的孩子艰难地伸出手，这次，我一定会抓住你的手。

她的手触碰到碎片，穿了进去，牢牢地握住了那只手。

紧接着身体一轻，苏青闭了闭眼睛，再睁开时已经出现在了一片夜幕下。

夜空清澈，群星闪耀。

在孩童惊讶的瞳孔中，发丝飘扬的少女含着泪水微笑起来。

"你是星星上来的吗？"埃尔维克用仍稚嫩的声音好奇地问。

身体崩溃得越来越严重了，她的身影越来越淡。很快就要死了，苏青心里知道。

但苏青只是捧起埃尔维克的脸，轻声地嘱托道："以后，假如你的父亲来到你面前，一定要把你的父亲赶走，赶得越远越好，不能让他靠近你半步，知道了吗？"

埃尔维克有些呆愣地点了点头，又问："你要回星星上去了吗？"

"对的。"苏青无比温柔地一笑，轻柔地抚摸着他的脸侧，"但你要记住，你永远不是孤独一人。世上永远有一个人，深深地爱着你。"

眼前一切颜色都淡了下来。

在陷入彻底的晕厥之前，苏青似乎听到什么东西清晰地响了一声。

苏青的身影像是水墨般在夜风中散开，埃尔维克似有所觉地伸手，接下了一颗滚热的泪珠。

叮！

系统重启中……失败，开始自检……自检完成，第二次重启……重启成功！

"我去！"苏青猛地睁开眼。

面前是宽敞的房间，身下是柔软的大床。

苏青一团糨糊的脑袋勉强运作了一下，然后感受到了身侧有个隐隐约约的热源……

她僵硬地抬头，正对上了一双赤金色的眼睛。

在她的注视下，那圆形的瞳孔逐渐兴奋地收紧，定格成了侵占性的竖瞳。

苏青落入了一个火热的怀抱，埃尔维克炽热的吐息直直地扑在她的耳边。

"这次是我先找到你的。"他轻笑着，声音却饱含着浓浓的独占欲与失而复得的愉悦。

像是恶龙终于得到了那件日日渴求的、最珍惜的珍宝。

"终于抓住了，我的小星星。"

口袋里的棋子滚落于床面，通体纯黑，闪烁着黑曜石般的光泽。

*** 继续阅读 ***

太阳神阿诺德持有三块永恒的宝石。

一为变化、一为计谋、一为爱。

但在那场令众神失色的意外中，

那块名为"爱"的宝石也被一并击碎，

碎裂的粉末融入了人间的各处各地。

所有的爱，由此伊始。

所有的纷争，也由此伊始。

——《月典》

*** 黑之国·尘埃落定 ***

天黑风高夜。

适合干坏事。

苏青躺在床上，眼睛撑开一条小缝，悄咪咪转了一圈。

没人。

她心里一声欢呼，一个鲤鱼打挺跳下了床。

她轻巧地落地，身上是之前就已经换好的一套黑色劲装。

"系统，系统。"苏青在脑子里戳了戳系统，"再把你那任务调出来给我看看。"

系统自从重启后，就像是缺了几个零件似的，一戳一动，在苏青心中的形象成功从冰冷不近人情的监视者，变成了只会张着嘴巴流口水的小痴呆。

果然，系统这次又是叮了半天没叮出来，过了好一会儿才迟迟疑疑地"叮"了一声。

主线任务：帮助黑之国取得战争胜利，因不明原因进度中止！

任务错误！任务错误！

现重新更新主线任务：？？？

提示：此任务为终极任务，一旦完成，所有"玩家"将即刻返回原世界！

果然还是和上次一样。

苏青叹了口气，怜爱地拍了拍它的小脑袋："关机去吧，小智障。"

这次系统连叮都不叮了。

"我就知道，最后还是得靠自己。"她一边喃喃道，一边小心翼翼地推开了门。

门外还是那个熟悉的、穷奢极欲的空间，苏青现在已经能熟视无睹地吐槽埃尔维克的品味了。

这家伙，也不知道是像龙还是像猫，就喜欢那些闪亮亮的东西，比如黄金、宝石……

没错，埃尔维克直接在他寝宫的这一层给苏青找了个房间。

而且自从苏青住下了之后，明明有好几层房间的黑王，就开始常住在这里不走了。

这也是现在苏青出个门还得偷偷摸摸的主要原因。

除了她"已死之人"的身份外，埃尔维克这次的态度也格外强硬。

"乖乖待着，在你身体完全恢复之前，不许出门。"埃尔维克一手便将她按在了床上，瞳孔隐隐有竖起的倾向，赤金色的眼瞳中满是晦暗不明的情绪。

"或者，你是在期待我惩罚你？"他的手指贴上她的颈侧，低笑着缓缓滑过，"相信我，你不会想要的。"

苏青现在回想起那个语气还觉得后脖颈发凉。

但是不管怎样，都无法阻止她完成任务！苏青暗暗捏了捏拳。

主要是真的快闲到发毛了。

她小心地避开一处花瓶，却不小心碰倒了一堆摇摇欲坠的金币。

关键时刻，苏青手中黑色的棋子一闪，快要坍塌落地的金币骤然静止。她晃了晃手指，这些亮闪闪的小东西又无声无息地回到了原地。

她轻呼一口气，轻手轻脚地拉开了储藏室的大门。

黑暗中，无数珍宝静静流溢着光彩。

周围的架子上全是奇珍异宝，只有最中央的桌子上，单只放着一封平平常常的信。

走近看，信封口出的红蜡可以看出曾被粗暴揭开的痕迹，后来又被谁仔细修补，现在依稀可以看出上面盛放的月见花的形状。

——正是那封，于苏青第一次主线任务中，经苏青之手，交由黑国王的信。

这也是苏青今天大晚上跑出来的目标。

本来只是想赌一把，没想到还真的在这里。

虽然那个丢给她三个问号的“终极任务”没头没脑，但仔细回忆一下，当初她刚进入棋盘空间的时候，那里的系统主管者曾经跟她说过，他们“玩家”穿越大陆的最终目的便是修补世界的缝隙。

所以以此可以反向推出，这个终极任务，是不是就是指修补世界？

再继续反推下去，既然有着这样一个终极任务存在，那么系统发布的任务肯定都不会是无缘无故随机生成的，背后肯定有其用意在。而她的第三次任务出了意外，第二次任务是黑国王触发的，算起来只有第一次任务的指向性最为明显。

那封信。完全的系统出品，是现在唯一的线索。

她警觉地四处望了望，没发现任何人。

终于，她深吸一口气，将罪恶的黑手伸向了那封信，在手指触碰到那信封时，原本黑暗的室内突然大亮。

苏青被闪得下意识闭上眼睛，随即就听到一声笑声在耳畔划过。

一具温暖的躯体仿佛天降般突然出现在她身后，呼吸的热气喷在她敏感的颈侧。

完了完了完了……

苏青缩了缩，想抱住幼小无助的自己。

"怎么了？"埃尔维克的声音含着隐隐的笑意，一只手暗示性地搭在了苏青肩上，"有胆子当小偷，没胆子睁眼看看我，嗯？"

苏青尴尬地睁开了眼睛，眼神躲闪，"呃，这个，其实我可以解释……"

"无须解释。"

埃尔维克的手捏了捏苏青的肩，另一只手无比自然地环绕了过来，将苏青搂在了怀里。

不知道是不是由于龙血的缘故，埃尔维克的体温总是比常人略高一些，在北陆寒冷的冬夜就是一个大型暖手炉。但是现在……

苏青只感觉腰上的那只手像烙铁似的，又烫，还搂得死紧。

她推了推他的胸膛，没推动，反而被更用力地摁在了怀里。

苏青差点没忍住想翻个白眼。

"我们的小偷王后想干什么？"埃尔维克亲昵地凑过来，两人鼻尖相抵，戏谑的眼神直直映入她的眼底。

在苏青晃神时，他一把抢走了苏青手上的信。

"还给我！"苏青气鼓鼓地说。

埃尔维克大笑，单手搂起苏青转了一圈，在苏青晕晕乎乎的时候

把信妥帖地放入了她的口袋，还拍了拍。

苏青疑惑地抬起头。

"记住了，你是本王选择的后，是世间唯一能跟我并肩而立之人。本王的王冠与宝库，永远与你共享。"他勾起唇角，赤金色的瞳眸深邃绮丽。他的手指抚上苏青的唇，轻声笑着，用诱哄似的语气说道："所以，以后想要什么东西，大大方方地索取就好。你可是这个国家的另一个主人，要更肆意妄为一些，知道了吗？"

苏青脸颊腾一下红了，但她还是坚持自我地翻了个白眼，用力锤了锤他的胳膊："腰疼，快放我下来。"

埃尔维克从善如流地把她放了下来。

苏青一落地就想开溜，但跑到门口时又想起了什么，停下了脚步。

"那个，不是说要和白之国和谈吗？"她扶着门框，回头看埃尔维克，"怎么这段时间，都没再听你提起过这事了？"

黑国王顿了顿，原本抱在胸前的胳膊放了下来。

"放心，战争马上就会结束了。"他说。

"真的吗？"苏青狐疑地看着他，直觉性地感觉到了一点不对。

"怎么，这么迫不及待吗？"埃尔维克煞有其事地点了点头，"确实，我黑之国的王后，必须要万众瞩目，应当在婚礼当天，让全大陆都见证并歌颂你我的荣光才对。"

"算了，有事的话，跟我说一声。"苏青心知这是问不出来了，哼了一声，转身离开。

在她走后，埃尔维克的眼神顿时沉肃了下来。

有几人悄无声息地自阴影中出现。

"王。"他们垂首跪下。

"在王宫外叫嚣的那几个愚民，杀光了吗？"埃尔维克冷冷道。

"是。"

"一群乌合之众罢了，背后一定有真正的推手。"埃尔维克嗤笑道，"此人我心里已有数。至于你们，还是干你们该干的事。"

"一旦有人说出献祭之类的话，立马就地格杀。"

回到房间后，苏青展开信件，仔仔细细地看了一遍。

这一看之下，吓了她一跳。

原来这封信竟然是白王写的！

篇幅很长，白王以一种十分客观，甚至平静到冷漠的语气，描述了这个世界的现状。

苏青努力把脑子里的词汇跟这封信里的情况一一对上。

原来，所谓世界的裂缝，便是横亘于南北大陆之间的那条深渊。

世界中存在着一种支撑世界的力量，它存在于万物之间，世间一切的力量的本质皆是它的变化，例如魔法中的魔力、神明施展的神力，甚至矿石中蕴含的动力……这种力量，白王叫它"源力"。

在之前神的时代中，神明们大肆抽取挥霍着世界的"源力"，使得世界本身早已不堪重负。而在奥古斯塔斯那一代，神明甚至强行一次性改变整整半块大陆的环境，给本就沉重的负担添上最后一根稻草。

所以，世界破裂，深渊由此产生，分割了南北大陆。

世界的意识——或者叫它，命运，也想要自救。于是沿着命运的线条，神明们纷纷陨落，消散于天地之间，化为精纯的"源力"，重新回归于世界之中，神的时代就此结束。

但人的时代兴起了。本来大陆连年处于交战之中，死亡的人类众多，还能够勉强做到平衡。但自从黑白两国正式统一，人类的死亡人数大大下降，出生人数却越来越多，消耗的"源力"也愈发上升，于是，

深渊也渐年扩大。

在信的最后，白王真挚地发出了邀请——开启一场黑与白两国之间的战争。

黑方不动用机械与矿石，白方也不动用魔法与神力。

只是单纯的人数消耗。

苏青呆坐在床上。原来战争的真相竟然是这样。

高高在上的王无谓地操纵着棋子，将士兵们的鲜血与哀号填入贪婪的深渊，以此来稳固世界。

那些在战争中枉死的人呢？无数个破碎的家庭呢？在他们为了王国的荣誉慨然赴死的时候，又知不知道这是早已被计划好的死亡？

他们的生命、荣誉、热血，通通都只是这场声势浩大的死亡盛宴中，不值一提的附加物罢了。

而她，正是亲手送出了这封信，开启了这一切的人。

那她呢？

苏青突然攥紧了信纸。

系统送她来到这里，还有那一连串的任务——让她带着如此特殊的【后】，来到这片大陆的目的又是什么？

"系统。"她深吸了一口气，低低地问道，"我难道，真的就是那个理由吗？从各种意义上来说？"

叮！

系统平板机械的声音响起。

得知部分真相。主线任务？？？推进进度百分之五十——

苏青倒吸一口凉气。

原以为的荒谬，竟然兜兜转转地成了真相。

她强行让自己冷静下来，不对，如果单只是"理由"的话，也未免太过大费周章了。

而且，为什么只是知道一部分真相就能把整个任务推进到百分之五十的地步？难道系统这么确信她会因此而劝说黑王继续战争吗？

大胆猜测，小心求证。

苏青的视线落到了手边的棋子上。

黑曜石般的质地，闪耀着冰冷的光泽。

"一定是有什么，只有我能做到的，而且只要我想做，就能做到。"她喃喃道。

这时你选择：

去问埃尔维克
（继续阅读076页）

自己去深渊旁调查
（跳至079页）

苏青攥紧手里的信纸，打开门。

在走廊的尽头，埃尔维克静静地站着，带着丝无奈的笑意与苏青对视，像是早有预料。

苏青一看就火冒上头，飞奔过去，将信往他身上一拍："你早就知道，对不对？！"

"我就知道不对劲，你又瞒着我！所以之前明明答应我要与白之国和谈，最近又突然不说了……"苏青眯起眼睛，突然静了下来。

"你是不是又重新开战了？"她问。

埃尔维克只是注视着她，什么也没说。

"明明之前商量过，继续打下去对黑之国没什么好处，所以我才劝你停战，你也同意了。现在我已经知道你们开启战争真正的目的了，但我还是不明白，为什么放弃了之后却又要继续呢？"

苏青观察着埃尔维克的表情，但他只是有些兴味地笑了笑。

一道闪光划过大脑。

"你不会是为了我吧？"苏青瞪大眼睛。

"我的后啊……"埃尔维克终于开口了，他叹息一声，撩起苏青一侧的发，将它归回耳廓上方。

因这一个暧昧的动作，原本剑拔弩张的气氛似乎得到了某种温情的缓和。

埃尔维克凝视着苏青的双眸，通常充斥着血腥与冷漠的眼睛，难得显得如此温和，甚至令人有着深情的错觉。

"虽说我的后是完全能与我并肩而行的，世界上最是坚强果敢之

人。即使是作为王，我也要承认你是恒此古今，难得的伴侣。"他似乎有些苦恼，但又不容置疑地说，"但是有些事，完全是刻意又可笑的轻慢与逼迫，你完全不必面对这些，这是身为你的伴侣，同时也是身为王的我的责任才对。"

苏青瞪着他，但埃尔维克虽然唇上笑着，眼神却分毫不让。

"是关于我的性命吗？"苏青突然冷不丁道。

她拿出那枚黑色的棋子，冷静道："仔细想想，这个棋子力量的本质，应该也是所谓的'源力'吧？"

"储存于我体内的，能够拨动时间与空间的，庞大的能力……"苏青的手指触上自己的胸口，直直望向埃尔维克，"假如我……"

"不许说了！"埃尔维克脸色突变，一把攥住苏青的手。

苏青从没有见过这样暴怒的他。他的眼中满是愤怒，瞳孔在一瞬间变为竖瞳，就像一座亟待爆发的火山，又或是被碰触到逆鳞的巨龙。

"本王不容许，我绝对、绝对不容许。"他死死盯着苏青，胸口剧烈地起伏着。

"那些愚民是什么东西，即使全部加起来，也比不上你的半根手指！"埃尔维克语气激烈，一拳砸在了苏青身侧的墙壁上，把她困在了手臂之间，甚至因为力度过猛，墙碎开了丝丝裂缝。

他抬起她的下颌，逼迫她与那双仿若燃烧般的瞳眸对视。

"答应我，不许再说这种话。连类似的念头，都别再产生。"他盯着她，缓缓贴近她的耳侧，语气透着深入骨髓的威胁，"我从来不是什么好人，也从来无法理解为他人牺牲这种莫名其妙的行为。我只知道，是自己的，就要握在手里，永不松手。"

"所以就算你想干蠢事，我也不会劝你。"埃尔维克的声音低沉轻柔，手指危险地在苏青腰侧滑动，"我只会把你锁在床上，寻来一切

美丽之物，为你打造一个纯金的鸟笼。而你，我的金丝雀，你哪儿也不能去，只能留在我身边，日日夜夜为我鸣叫。"说到这里，他的瞳孔因兴奋与愤怒更加收紧，更加重了某种非人般的侵略感。

但最后，他还是舔了舔唇，补了一句："当然，是直到你完全放弃那个想法为止。"

被震慑到的苏青缓了缓，无奈道："其实我本来也没这个想法。"

"真的？" 埃尔维克眯起眼睛打量着苏青，像是只正在观察猎物的大猫。

"当然是真的。"苏青说，"拯救世界这种事，对比起这个，我还是更想活着。"

"那就好。"埃尔维克眉目终于舒展开来，瞳孔也渐渐恢复，一眨眼，变回了人类的圆瞳。

信了？这也太好骗了吧。

苏青在心里感叹。虽然她不是在骗人，但这么容易相信也是有点……

她抬眼看了看，埃尔维克完全没注意，虽然他脸没红，但耳朵红了。

有点可爱。

苏青掩饰性地咳嗽了两声。

"那么，你先回去休息吧。"埃尔维克挑了挑眉，"三天后我将亲征，必会将整个大陆作为聘礼，带回给你。"

"嗯，我相信你。"苏青笑了笑，揉了揉他的脑袋。

*** 黑国王好感+1 ***

跳转至好感清算界面（084页）

与其多想，不如亲自去看看。

苏青握住棋子，暗自下定了决心。

不过在此之前，必须绕过黑国王独自出去才可以。

凭借着她对埃尔维克的了解，他既然大大方方地让她看了这封信，肯定已经做好了准备，觉得她即使想出去也没办法离开黑王宫。毕竟她之前使用棋子潜入黑王宫，也必须到一定距离才能成功。

苏青捏着棋子，狡黠一笑。

那他可就大错特错了。

自从经历过那段错乱的穿越之旅，她的能力早已成长到了，她自己有时都会感到害怕的地步。

低调的黑色光华闪过，夜风吹起层叠的窗帘，房间里早已空无一人。

深渊上空，苏青突然出现，她悬停在半空，俯视着这条巨大的豁口。

"不愧是世界的裂缝。"她感叹道。

横跨了整片大陆的裂缝，即使在高空中看去，依旧庞然到令人窒息。往里望去，那深不可测的底端不仅是单纯的黑色，而是一种混乱至极，人眼无法仔细辨识的色彩。如果久久凝望，甚至会使人心智混乱，失去理智。

而且，怎么说呢。

苏青感应到，深渊似乎对她有着某种奇妙而强烈的吸引力，想要纵身而入，一跃而下，与它融为一体。

"当心。"

手腕上骤然一凉，苏青这才回过神来，原来自己不知何时降了下来，仅与深渊一步之隔。

她回头，看向攥住自己手腕的男人。

缱绻的桃花眼，上挑的唇角，还有眼下那一点逶迤的、泪似的血痕。

他还是那样，淡淡地撑着伞，侧着头微微笑着，捉摸不定。

"墨千秋。"苏青心情复杂。

"许久不见，相当想念。"墨千秋松开手，短短几个字，被他念得格外含情脉脉。

"你怎么会出现在这里？"苏青警惕道，"这里可没有跟你交易的人。"

"谁说没有？"他手腕轻旋，伞面转了转，那条游龙也仿佛活动了起来，跟着他一起抬起眼睛，与苏青警惕的视线相接。

"你不是，还欠我一份情吗？"墨千秋笑道。

那仿佛情意绵绵的口吻，却让她莫名有种被毒蛇缠上的冰冷感。苏青下意识想后退，身后却已是深渊，退无可退。

"你应该也感觉到了'裂缝'对你的吸引吧？"他说，"没错。无论是生命、魔力，还是神力……都是'源力'的表现形式而已。而你身上，也是棋子中的力量，是高于这个维度的，'源力'本身。"

苏青突然明白了。

"所以只要我跳下去，就能抵上成千上万的死亡？"她不可思议道，"这才是系统真正的目的？"

"不能说目的。只能说，是一条万全的退路吧。"墨千秋轻飘飘地说，"假如你缺少任何一点点东西，或者没能和那位王结起羁绊，估计现在你已经是深渊底的一条亡魂了。"

"不然你以为，为什么系统要让你在两位王面前都走一遍？"他扬起一个与平日完全不同的、恶意的笑容，慢慢说道，"当然是为了

让你在这个大陆上无处可逃。"

"你为什么会知道？"苏青盯着他。

"是因为，我也与它做了交易。甚至，连重新继续的这场战争，也是我一手推动……"墨千秋笑意盈盈地拿出一枚棋子。

黑色的【王】。

"虽然黑王对它弃若敝屣，打从一开始便自发地拒绝了那个存在，但这枚棋子，也确实地与他相关联。因为他是这片大陆上独一无二的黑王。"墨千秋的黑眸仿佛笼上了一层更深的荫翳。他捏着那枚棋子，向苏青伸出手，"只要你将黑王和它，一齐推入深渊。"他轻声诱惑道，"世界便会被拯救，再也不会有一个人死去。这是对于你来说，最完美的结局。"

苏青沉默了。

随即，她坚定道："不。"

墨千秋定了定，惯常上扬的嘴角也落了下来。

他难得第一次露出了面无表情的一面。

"为什么？"他的眼眸黑沉。

"没有为什么。"她笑了笑，"只是我不愿意罢了。只有这一个理由。"

墨千秋也笑了，他冷冷道，"你就，那么喜欢救人？"

苏青手腕一转，一直准备好的棋子随指尖而飞出，环绕在她周围。

面对这样一副明摆着开战的态度，墨千秋只是缓缓收起了伞。

他眼睫低垂，抓着那伞柄，皮肤冷白。

"之前，我曾去找过你。"墨千秋突然说，手指抚上眼下的红痕，"但是，不仅没见到你，还被黑王剜了一只眼睛。虽然我想了点法子把眼睛找了回来，但这道血痕，却永远地留在了我的脸上。"

他凝视着苏青，向前进了一步。

"停下。"苏青指向他，棋子悬停在两人中间，流动着黑色的光彩。

"本来我早就想喝下药剂，丢掉这几段负担，但因为你，我放弃了。"墨千秋笑了笑，颇有些自嘲，"我早该知道，是我自作自受。"

苏青抿了抿唇。

"我与他，本是一般无二的，被时空锁在命运深处之人。无论怎样寻求、哭喊，也被命运深深束缚。"墨千秋看着苏青，轻声问，"你既能救他，又为何不救我？假如现在要牺牲的是我，你一定能毫不犹豫地作出选择吧？"

说着，他提起伞，尖锐的尖端对准了苏青。

"来吧，该还我的情了。"墨千秋侧头，笑道，"这是你我的最后一次机会。"

话音刚落，他便举起伞，向苏青刺去！

苏青一惊，棋子一闪，瞬间便出现在了墨千秋的背后。

墨千秋前方正是深渊，但在出手的那一刻，苏青犹豫了。

可出乎她意料的是，他竟然没有丝毫抵抗，就这样顺着力道，直直地向深渊深处坠去。

深渊宛若一张巨口，刺骨的罡风卷上了墨千秋单薄的身体。

他撑开伞，最后回头与苏青对视了一眼。

"这是交易。"他笑道，将那枚黑色的【王】扔了过来。

苏青下意识地接住了，再看去的时候，墨千秋已飘飘摇摇地坠落向黑暗深处。

深渊剧烈地颤抖起来，天地变色，无数土地开裂，又重新组合，无形又震耳欲聋的声音在空中尖叫着。

苏青无法，只能抓着两枚棋子，重新回到了黑王宫。

不管怎样，世界的危机总算是解决了。

不出苏青所料，她那个智障系统也难得活泛了一次，兴高采烈地发布了终极任务完成的公告，告诉苏青现在随时可以选择返回原世界了。

但是当她询问，她还可以再回来这里，或者可以带人走吗……这些问题时，系统只是通通回复：

【不知道，看运气。】

苏青：……

屋漏偏逢连夜雨，听说埃尔维克还准备大办特办婚礼，光每天被否定的方案就和礼仪官掉的头发一样多。

苏青：这槽真是无处可吐。

直到有一天，埃尔维克主动找了过来。

"怎么了？"他问，"你是不是有什么话要对我说？"

这时你选择：

告诉他　　　　　　　　　　　　瞒着他

跳转至好感清算界面（084页）

好感清算

告诉他

（好感+1）

瞒着他

（好感-1）

埃尔维克总好感大于等于3进入Happy Ending（阅读剧情一085页），

小于3则进入Bad Ending（阅读剧情二跳至088页）。

达成 Happy Ending

并肩而立

埃尔维克认真地听完了苏青说的话。

苏青有些忐忑地看着他。

没想到埃尔维克只是似笑非笑地看着她，然后伸手把人搂在了怀里。他将头埋在苏青的颈侧，眯了眯眼睛，舒服地喟叹一声。

"说话啊。"苏青顺手揉了揉那个脑袋。

"嗯？"埃尔维克慵懒地发出一个鼻音，像是只被挠下巴的猫咪。

真是愁人，苏青等了会儿，推了推他。

"这有什么好讨论的？"埃尔维克抬起只眼睛，望着她，"你不是想回去吗？"

"对啊，可是……"

"那不就行了。"他轻松地说道，"我和你一起回去。"

"欸？！"苏青震惊极了，赶紧把人摆正，强调道，"这个完全看运气的啊！你跟我一起回去，要是倒霉的话没准命都会没了。"

埃尔维克眨了眨眼睛，嗤笑了一声："你对我有什么错觉？本王会是胆怯之人吗？"

"不是那回事。"苏青焦急道。

埃尔维克挑眉，按住她的肩，印下了一个不容置疑的深吻，成功打断了苏青的话。

苏青呆住了，大脑一片空白，直到感觉唇上一痛才回过神来。

"你干什么！"苏青一把推开，怒瞪他。

埃尔维克也不生气，噙着笑看她，唇角的虎牙都露了出来。他看上去心情颇好，手指暧昧地擦过苏青唇上的丝丝血痕。

然后，他将指腹抵在唇前，舔了一下上面的血迹。

"我亦是，能够与你并肩而行之人。"埃尔维克低沉的声音带着笑意，"我的后，你是觉得，我就不敢赌吗？"

"可是，你好不容易拥有了整片大陆。"苏青呆呆地说。

"本王的能力从无需外物证明。只是这么一些微末之物，想要牵绊住我的脚步，未免太过异想天开。"埃尔维克轻描淡写地向她伸出手，"那么，你愿意与我一起，再赌一次吗？"

苏青笑了起来，利落地将手搭了上去。

"乐意效劳。"

熟悉的感觉再度来临，但这次，苏青却没有经过那个棋盘空间。似乎是稍微停顿了一下，就回到了原来的世界。

伴随着一声机械音，系统彻底消失了。

苏青睁开眼睛，下一秒就被一双手挡住了刺目的阳光。

"看来，我们又一次赌赢了。"埃尔维克赤金色的眼睛，在阳光下格外耀眼。

只是初见时充斥着血与火的双瞳，现在纯净而美丽，似乎满心满眼，只有眼前的少女一人。

苏青笑起来，主动拥抱了他。

"今后，我们也将一同前行。"

深入骨血

埃尔维克似笑非笑地听着，指尖攀上，点了点苏青的膝盖。

苏青莫名感觉气氛有点奇怪，下意识想缩。

但是脚踝被一把攥住。

埃尔维克低低地笑了两声："其实，我早就知道。毕竟，那些'玩家'都渐渐消失了，我只是一直在想，你什么时候会说出来呢？"

苏青心中不祥的预感逐渐扩大，她想挣脱那只手，身体却莫名地发软无力。

"你？"她惊异地看向他。

"真狡猾。"他的手沿着她的脚踝向上，准确地捏住了那只伸向口袋的手腕。

他在苏青惊恐的眼神中拿出了那两枚黑色的棋子，将它们远远扔

向了床的另一边。

埃尔维克静静地凝视着她，那赤金色的眼睛中沉淀着一层莫名的荫翳。

"明明是你先答应我，永不离开的。"

苏青敏锐地察觉到了危险，她慢慢地向后退，尝试解释："我没想离开……"

他只是不明意味地笑了一声，然后淡淡地说："可是，我不敢相信你。"

苏青全身的汗毛都竖了起来，她下意识地扭身，向着棋子的反向伸出手去，但压在脚踝上的手却仿佛有着无法撼动的巨力，让她的指尖只能停留在仅仅距棋子一个指节的位置，便再也无法前进半分。

火热的躯体在背后俯身而上，一只手伸过来，与她伸出去的手十指交缠。

另一只压在她脚腕上的手也松开了，紧接着，这只手轻巧地拿起了那两枚棋子。

【王】与【后】。

"不……"苏青有所预感，却分毫动弹不得，只能眼睁睁看着他将两枚棋子一起捏碎。

一阵痛彻心扉的疼痛蔓延至全身，苏青身上顿时细细密密地出了一身冷汗。

"留在我身边。"埃尔维克的手按在她的肩头，"只有你和我。"

苏青疼得意识恍惚。这男人，明明在做这些伤害她的事，声音却莫名的哀伤，几乎类似于某种乞求。

但他确确实实，一手捏碎了她的努力和希望。

"我……不。"苏青强忍着疼痛，眼神却亮得惊人。她恶狠狠地说，"我会想办法逃走，即使没有棋子，我也仍然是我，埃尔维克，我永远不会原谅你！"

"那也很好。"他的话里竟有些愉悦。

那只手又覆过来，但这次，是覆上了她的眼睛。

在一片漆黑中，埃尔维克的声音带着呼吸间的热气，在她的耳畔缓缓道：

"几天后的婚礼，你将在所有人的注视下，成为我的新娘。"

"但谁也不会知道，你繁复的礼服下，藏着沉重的镣铐。那时，就是你逃走的好机会。"他轻笑了几声，"当然，我会抓住你，不管你逃离多远，终归会回到我的身边。"

"就让我们一起向黑暗中沉沦。"

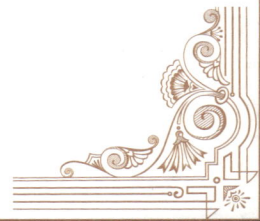

*** 墨千秋 ***

092

埃 尔 维 克

他遇见的世界并未崩坏，清晰上载的位置……